主编 凌翔 当代作家精品·散文卷

时光简

二十四节气里的寻常生活

胡宝林 著

天津出版传媒集团

天津人民出版社

图书在版编目(CIP)数据

时光简：二十四节气里的寻常生活/胡宝林著.--
天津：天津人民出版社，2023.1
（当代作家精品/凌翔主编.散文卷）
ISBN 978-7-201-19064-8

Ⅰ.①时… Ⅱ.①胡… Ⅲ.①散文—中国—当代
Ⅳ.①I267

中国版本图书馆CIP数据核字（2022）第239150号

时光简：二十四节气里的寻常生活
SHIGUANG JIAN：ERSHISI JIEQI LI DE XUNCHANG SHENGHUO

出　　版	天津人民出版社
出 版 人	刘　庆
地　　址	天津市和平区西康路35号康岳大厦
邮政编码	300051
邮购电话	（022）23332469
电子信箱	reader@tjrmcbs.com

责任编辑	岳　勇
封面设计	邓小林
主编邮箱	jfjb-lx2007@163.com

印　　刷	三河市金元印装有限公司
经　　销	新华书店
开　　本	710毫米×1000毫米　1/16
印　　张	13
字　　数	200千字
版次印次	2023年1月第1版　2023年1月第1次印刷
定　　价	49.80元

版权所有　侵权必究
图书如出现印装质量问题，请致电联系调换（022-23332469）

每一棵大树都有自己的故乡
——序胡宝林散文集《时光简：二十四节气里的寻常生活》
红 孩

    散文写作有多种样式，从地域上说，有原乡写作和他乡写作。一个作者选择什么样的写作，与他的生活环境和生活方式有关。

    我非常熟悉陕西的作家，如老一代的贾平凹、和谷、方英文，包括后来的陈长吟、穆涛、朱鸿、庞进、高亚平、章学锋，以及同为散文家又为文艺理论家的肖云儒。至于京城的周明、阎纲、王宗仁我就更为熟悉了。这些年，陕西散文学会在陈长吟的带领下，出人出作品，已经形成一支稳定的创作力量。我注意到，就陕西的大部分散文作者来说，他们大都选择原乡写作。究其原因，陕西人在骨子里有大秦的思想，大秦就是都市就是中心，这是历史沿革下来的思维。过去，陕西人是很少到外面打工的。说得幽默点，陕西人恋家，离不开那碗臊子面。

    这几年，我先后看到陕西作家吕向阳、史鹏钊、王小洲、李光泽等人的原乡写作。这些作品，使我这半个陕西乡党，对陕西的地域风土人情有了更多更深的了解。以至于我在北京跟朋友们聊天时，情不自禁地会说起陕西的地理历史、美食小吃，甚至还谈到陕西的一些新地标，如曲江、西咸新区等。朋友们很惊讶我对陕西的了解，还误以为我是陕西人呢！

2017年夏初，我到关中采风，重点去了凤县。在采风过程中，我结识了宝鸡地区的一帮文友，这其中就包括在《宝鸡日报》工作的胡宝林。宝林出生于宝鸡的普通农家，从小对文学偏好，十四五岁就开始发表作品。这样的经历，对他日后走上专业的媒体工作道路，无疑有着命里注定的安排。在写作队伍里，像宝林这种经历的人很多。我本身也是如此。因此，我看到宝林最新的散文结集《时光笥：二十四节气里的寻常生活》，就感到十分的亲切。

中国古人，或者说是中国农民，在与大自然的互相依存中，他们逐渐发现了每个时节的规律，这些规律是大自然的变化，也是他们适应自然、利用自然创造生活的重要依据，于是便有了二十四节气。对于二十四节气，过去很多的作家、生态学家、气象学家都有过大量的描写，但如何写出自己眼里的二十四节气，特别是通过二十四节气的描写，把关中人的生活、把自己的生活呈现在世人面前，不仅让人知道了什么，还能让人想起什么，以至于引起强烈的共鸣，这就需要写作者好好思量，动一番脑筋了。

宝林在布局上是按照时间顺序，即从立春开始，至春节结束，在完整地记述乡村二十四节气的同时，还不失时机地把各个节气中的自己的经历、故事、见闻穿插进去，这就增加了文章的可读性。从大原则讲，这属于张弛有序，从具体操作上，这就叫运用闲笔得当。我以为，宝林的这部散文集，有这么几个特点：第一，是细节的发现和描写。我们过去常说，要写自己熟悉的生活。所谓熟悉，就是对细节的发现和描写。大凡写农村题材的作品，许多作者往往以对生活细节的描写而被读者称奇、柳青、赵树理、孙犁、刘绍棠、浩然、铁凝、贾平凹莫不如此。宝林深谙个中奥妙，在他的作品中，几乎到处都是一花一世界。第二，是语言的精细优美。一篇好的散文，能让读者喜欢的原因有很多，其中语言是关键，也只有语言才是区别这个作家和那个作家的根本所在。宝林生于农家，但他的语言又分明是被书卷化被文学化了的，如在《桃花灼灼》中，作者写道："三四月，天气渐渐温暖。桃枝爆出星星点点的花蕾。香气和蜜蜂是关不住的，往人鼻子里钻，在人头顶舞。不久，灼灼灿灿，一些枝条就高高向上，一些红粉出墙，惹得路人从树隙往里多看几眼；漫坡到崖根，一株株苍老的桃树，枝丫虬曲伸展，叶子和花儿渐渐丰裕，覆盖了整个园子。"又如，在《放蜂人》中写道："小时每到春夏之交，雍峪沟的油菜花先黄了，洋槐花接着开了，各种杂花次第开放。河道、东坡、南坡上的洋槐林，绿叶间的白花星星点点，苍黑的老树像白了头，整个山谷都飘荡着洋槐花的香味。或许是闻到了花香，放蜂的人就来了。"第三，是对家乡的朴素情感。每个人都有自己的家乡，但并不是每个人对家乡都有美好的印象，同时，家乡也并非完全地接纳你。宝林对家乡是热爱的，他的热爱是浸淫在文字中的，他没有那么夸张，也不矫情，而总是在润物细无声中进行，让人咀嚼，让人回味。

　　从事散文创作研究多年，很多散文写作者常问我一个问题，散文到底写什么？什么样的散文才是好散文？我以为，这是一个既好回答的问题，又是一个很难回答的问题。道理很简单，每个人都有着自己对散文的认识与理解。以我多年的经验，我认为散文主要写三种状态，第一叙事（写景），第二抒情，第三写意。一般写作者，大都停留在叙事、抒情上，即使叙事也很难写好。至于写意么，那得到一定境界。当然，通常好的散文，往往在上述三者之间达到了相互协调统一，是不好单一区分的。就宝林的散文而言，他以工笔画的细心与耐心，在散文的叙事、写景、抒情上已经相当成熟了。如果他在今后的散文创作中，能够把视野打开些,通过自己的家乡去透视中国、观照世界,我想,他这棵傲立于关中平原的大树一定能够结出更加丰硕的果实的。

(作者系中国散文学会常务副会长、散文家)

目 录

引言 001

第一辑　春光

立春记　004
西府臊子面　006
空日月　009
雨水记　012
活人　014
惊蛰记　025
桃花灼灼　027
春分记　030
五丈原庙会　032
清明记　039
万物生长　041
重叠而生　044
谷雨记　049
放蜂人　052

第二辑　夏时

立夏记　058
打井人　060

小满记　064

艾生于野　066

杏儿黄　071

芒种记　075

麦子回家　077

夏至记　081

村庄的神气　084

小暑记　088

流浪人间的狗　090

大暑记　097

西红柿　099

第三辑　秋令

立秋记　106

军医母亲的葬礼　109

处暑记　113

村无鸡鸣　116

白露记　122

唤出野草的名字　124

秋分记　129

往西走　132

寒露记　135

宅兹中国　138

霜降记　142

老　145

第四辑　冬季

立冬记　150
喜鹊　152
小雪记　155
叫卖　158
大雪记　162
立碑　164

冬至记　170
声音　172
小寒记　179
第二十三张奖状　181
大寒记　186
春节　188

引言

沃野秦川，关中西府，秦岭莽莽，渭水汤汤，周原膴膴。

炎帝神农教民稼穑，在这里播下华夏农业文明的种子。周人秦人躬耕周原，绘下周礼秦制的草图，为中华文明奠定骨骼和血肉。

埋藏于这里的黄土地下3000多年，被宝鸡农民一镢头挖出的青铜器何尊，其中"宅兹中国"的铭文最早以文字写下"中国"一词，成为中国人的精神图腾。我们的"中国"就从这里发源。

一个传说在西府久久流传：周人在周原筑造最早的京城时就学会了用土圭法测影，将测出的一年中日影最长的一天定为冬至，为一年之始。安妥中国人生活的二十四节气，2016年被联合国教科文组织列为人类非物质文化遗产的二十四节气，是在这片土地抽出第一根枝叶。

宅兹中国。在历史的风云之下，是这里坚实的土地，一年一年，花开花落，生长庄稼，养育子民。几千年的时光中，是日常的生活，穿越节气，酸甜苦辣，细水长流，生生不息。

在对望周原的秦岭北麓，从秦岭伸出的两道山梁，护送一条小河流向渭河，形成了雍峪沟。六个自然村落，一百多户人家，散在河的两边，组成一个村庄。

像书页一样的层层梯田，被山梁装订成一本厚书，几千年的风也没有将它撕去。雍峪沟人祖祖辈辈劳作生息、歌哭于斯，走过百年千年的时光。

在离乡20多年后，作家重新回到桑梓之地，在无数祖先生活过、无数来者还要生活的地方，重新感受故乡在一年二十四节气中走过的光阴。

立春、雨水、惊蛰、春分、清明、谷雨、立夏、小满、芒种、夏至、小暑、大暑、立秋、处暑、白露、秋分、寒露、霜降、立冬、小雪、大雪、冬至、小寒、大寒……

人和村庄，风和脚下的这片土地，庄稼、牲畜和转换的节气，往事与现实，在一个人的目光、脚印和心灵的颤动中相遇——

第一辑　春光

立春记

> 立春之日东风解冻，
> 又五日蛰虫始振，
> 又五日鱼陟负冰。

风吹进贴着红对联的大门，拂在脸上，有些冷，但比前几日温和了。立春，是一年二十四节气中的头一个。但回乡过年的人们，等不到立春，又匆匆上路，去遥远的城市谋生活，又将村庄留给了老人、娃娃、田地和树，还有平常的生活。

古老的节气，是先人们给岁月划的刻度，对应并预言着气候、物候、农事，安排了农人一年的生活。立春，标示着春天的到来。"春"字，带着一颗太阳，生发着草木。"春为青阳，春为发生。""春者，天之和也。又春，喜气也，故生。"阳光温暖着地气，地气升腾，将气息传递给扎根于土地的草木，行走于旷野的人兽，还有水中的游鱼，天上的飞鸟。春，在人们的心中，生发美好的意象。

门前屋后的树站在冬天，在心里画个道道，当作春的界线。那淡淡的春的细丝一样的柔嫩的印痕，沁出细细的黄绿色的汁水，在一些树的心里氤氲起微弱的暖气，渐渐弥散，像刚出母腹的婴儿的口气。这是春的信息。我将指头掐进院中梧桐树的树皮，看到了绿色的汁水，那眼睛一样的节眼上，嫩芽儿预备萌发了。那些洋槐树，掐起来，有些是绿皮质，感受到温润；有些干柴皮，还僵持在冬冻中。春在有些树的心里能立住，在有些树心里打滑，立不住。

　　立春之日，气候微微温和，已然还是冬天的寒冷，今日与昨日并不分明。雍峪沟的地气和山上、平原不同，草木的秉性也不一。有些树萌发对春的向往，有的还在冬天站立。还有些倔强而绝望的树，不相信温暖即将到来，拒绝一切，一动不动。而河边的草，是绿的，是干绿，是冷绿，是冬天的绿，在风中，让人心疼。

　　立春之日暖和的天气，在两天后又重新陷落于寒冷。正月毕竟是乡村最热闹的时候，人们在品味西府臊子面的香味。直到年气渐渐散去，乡村的生活才慢慢回归虚静。

西府臊子面

美味乃一方水土于人的恩赐。沃野秦川，关中西府，宝鸡之地，周秦文化自此发祥。巍巍秦岭，汤汤渭水，深厚黄土，哺育了历史悠久的冬小麦，也在此地衍生出一种中华美食——西府臊子面。宝鸡民间流传，周文王斩蛟龙而创臊子面，周武王改进猪肉臊子的做法，因此有"武王臊子文王面"的说法。西府臊子面是天、地、人的杰作，是民俗的活化石。

臊子面的食材主要是小麦面条。小麦在宝鸡栽植的历史已经有4000多年。宝鸡周原王家嘴遗址龙山时期文化层中碳化小麦的发现证明了这一点。

六月，父亲挥汗如雨，收割小麦。在家人的帮助下，将小麦用架子车拉回，碾打，晾晒，装在包里，这是一家人一年的食粮。

在小麦收获的当儿，奶奶最操心的是一件大事：淋醋。醋是西府臊子面的点睛之味，淋醋是西府乡村人生活中的一件大事。从入伏制曲，到农历八月发酵，经历漫长而耐心的等待，醋终于淋成了。奶奶将醋舀进缸里珍藏，这是调和一年饮食的佳酿。

父亲将土地中收获的小麦，装进了包里，奶奶将亲手淋制的醋窨进了缸里，一家人一年的日子从此就有了底气。

雪落在黄土地上，年的脚步近了。母亲将小麦拉到磨坊，磨出上等的雪白的小麦面粉，为过年做臊子面做好准备。父亲骑着车子去赶集，准备食材。

自明代后期辣椒传入中国，西府臊子面就分了放辣椒的岐山臊子面和不放辣椒的扶风臊子面两种风格，但不管怎样，都是臊子面。而岐山臊子面的做法走出了岐山，从秦岭到北山，渭河两岸的广大城乡好多家庭以此为食，成为西府臊子面的代表。

正月初二的早晨，积雪的乡村小路，穿着红红绿绿的人们，提着礼当来走亲戚。父亲接过亲戚手里的礼当，迎进屋里，在热炕上坐。然后开席，端上烧酒、盘子，主宾开吃。母亲在厨房里忙碌着，做最隆重的待客饭——臊子面。

臊子汤调就。笊篱捞面。母亲先在一碗面里浇汤，调好一碗。这一碗臊子面，包含了经冬历春的小麦的精华，融汇了天南海北佐菜的营养，木耳之黑、豆腐之白、鸡蛋之黄、蒜苗之绿、辣椒之红，水木金火土，皆于一碗呈现。父亲端这碗饭到门前滴汤，敬祖先。

接着，母亲一碗碗窨面，一碗碗臊子面上到盘里，妹妹端上席面请亲戚吃。先长后幼、先上席后下席、先客人后自己人，彬彬有礼。臊子面就是一碗周礼面，吃臊子面的过程，就是周礼的演示。

薄、劲、光之面，煎、稀、汪之汤，酸、辣、香之味，一碗西府臊子面，来宾主人、大人娃娃、男女老少一个个吃得酣畅淋漓，肺腑熨帖，回味无穷。这是人间最美的饭食，这是人生最大的幸福。在老家时，逢年过节，一顿要吃十碗八碗臊子面，吃毕感觉浑身舒坦，满身是劲。

正月里来喜事多，村里唱大戏，家家户户招呼四里八乡的乡亲，也是臊子面。村里有小伙娶媳妇，男女老少去吃流水席，大锅大灶做的还是臊子面。

　　整个春节，豪放悠扬的秦腔在村庄上空飘荡，臊子面的香味醉了乡村。这是最美好的记忆。即使远在千里之外，一提到"西府臊子面"，味蕾就无法遏制地产生追寻这种味道的冲动。

空日月

人活在世上，不是每个日子都灿烂有声，值得提说和记忆。普通人，不是政要，不是明星，不是电视台的播音员，身后没摄像机跟着。你过你的日子，活你的人，除过家人，没人操你的心。你也不太操你的心。好多年，日复一日上平常的班，吃寻常的饭，逛平常的街，见寻常的人。没有跌倒捡个金条，没有天上掉下馅饼砸在头上，没有一见钟情的艳遇，没有和人骂仗打架，没有记入日记、上新闻版面、写入史册的必要，就那么过去了。活过的有些日子和月份，像水流，融入时光的河水，再溅不起水花，回忆不起；像胶片，有些有感光，有些没感光，没感光的黑漆漆、空荡荡，也洗不出影像来。

对雍峪沟的人来说，每年春节后的日子，就是空日月。春节，聚集了所有最隆重的庆祝、最深厚的情意、最美的佳肴、最真挚的人情，就像一场盛宴大醉，也似乎耗尽了人和日子的心力，需要过平常的光景缓一段时日，日子也变得虚静。

年气散了，庄村重新变得安宁。阳光暖暖的、懒懒的，门侧大红对联的一角在微风中瑟瑟抖动,大片的麦田呈展绿色,黄土路上空空荡荡。三两只麻雀跳跃在没有长出树叶的树枝上,枝条一动不动,木木的。两个老汉坐在门前的小凳子上晒太阳,黑棉袄穿着有些热,又不敢脱,就解开了扣子。年里围在一起掀花花牌的人回城的回城、打工的打工、生病的生病,只剩下他们两个。有话说的时候说两句,没话说的时候,就看脚前的阳光。风把一片梧桐叶子赶着往前走,刺啦刺啦响,想起不听话的碎娃被她妈拧着耳朵拖着走的样子。人活到这个年龄,老婆已经先走一步,自己在儿子儿媳的锅里舀一碗饭吃,瞌睡少了,白天和夜晚都变得很长,像面条扯长了一样。

　　时光慢了,不光老汉的时光慢了,每个人的时光都慢了。太阳从东边的山梁爬上来,在天上挪步,像小脚的老太一样。太阳也没事,没心劲儿,有大把的光,撒在山谷山梁,慢慢撒野。麦苗扎了一个势,从早上到下午,腰疼得不行,太阳还懒惰不走。浇地的水缓缓地在麦苗间渗淌,淌到哪儿是哪儿,一个小小的缝隙,都像瀑布流入暗河一样淌流半天,迟迟不见爬出来。一个大土疙瘩它也没心劲儿去爬,绕着走,酥软了也就化了。一个时辰了才渗了手大的一片地方。浇地的中年人不知到哪儿去了,留下一只铁锨。铁锨孤独地站在风里,看着水,意思田野里有浇地这么一回事。三组一个婆娘下来经过门前,常婶见面打了招呼,那婆娘的话匣子就扯开了,从刚过的年说到前年再说到几十年前,从婆家说到娘家再说到女子的婆家。两人先是站着后来坐在柴墩子上说,其实也不熟,反正也没事,风吹来一句话,就迎上一句话,把40年的事儿说尽了,舌干了,口空了,才发现半个时辰都没过去,等的那一家的门还没开。

　　日子淡淡的,像山梁上早晨傍晚扯起的烟雾,若有若无。早晨喝的是拌汤,几个面疙瘩,几叶子青菜。晚上稀饭能照人影儿,再就几口菜。春节时,吃鱼吃肉,喝酒喝茶,现在喝汤即是吃饭,稀稠咸淡皆宜,吃多吃少，吃与不吃皆可。试不来饥，也试不来饿，身体没有欲望。年前焦虑，一年到头几件大事还没着落，年里祈愿要干什么什么，现在都没心劲儿。老先人讲，正月不动土，待天暖和了再说。反正家里没多少家务事儿，地里也没多少活儿，皆可干可不干。四里八乡也没听说哪里唱秦腔戏，不用去赶，年里的戏才看毕么。闲了到山梁上去，麦绿在地里，路曲在塄坎，草黄在路畔，年年岁岁的这个时节，都是这般模样。一年一年的耕作，一年一年的刪割，都没有改变多少。几棵老洋槐树以旧时的模样，站在半梁，没见苍老，也没见年轻。沟谷里，小河里的水在默默地流，不知来自何处，也不知去向何方。

　　到城里打工的人，早早背着行李走了。那些离不开村庄的人，那些在村庄生活几十年爱在这里生活的人，在空日月里，在这个僻背的村庄里，过不会被记忆的人生。村庄寂静如初，日子恬淡如水，日光不冷不暖，时间不紧不慢，人无喜无惧。空日月，像一片素布，不着那么多色，像井里的水，不加那么多味，真朴而自在。

雨水记

> 雨水之日獭祭鱼，
> 又五日候雁北，
> 又五日草木萌动。

雨水日。

树的影子投在路上，一坨一坨，树上是暖暖的阳光。

土崖上覆盖着蓬勃的迎春花。远处看，枝条是灰褐色的，近看是沉绿色的，枝上抱着一颗颗红蕾，红蕾张开，绽放一枚枚喇叭口一样的黄花。黄花一绺绺，星星点点，像瀑。那一张张小口，似乎是小孩子在呐喊。

从下河往上河走，碰到两户人家盖新房。三三两两的人或站或蹲，有些拿锹，有些拿瓦刀，忙着打地基。一个小伙，还架起仪器瞅识，抄平。两个老汉将路边摞的红砖，转到小三轮车上，往工地运输。拉土的拖拉机出出进进，烟山雾罩。细心的人，往路上泼了水，一些土变成了泥，留下道道辙印。

次日。

远远地，秦腔的声音传来，鼓乐喧闹。走近，方知是庙会。这村的六个组，每个组都有自己的庙。庙前头组的庙，是几个老太太多年前化缘建成的只有一间房的小庙。小庙也有自己的会，会把村里和临近坡上、沟里的老爷子、老太太、中年媳妇、礼拜天未去上学的小娃娃们，都吸引到庙前头的村广场上。有戏楼，但没用，就搭了个棚子，十几个人的文武场面，本村本乡的演员清唱，大喇叭调的是高音，震得耳朵嗡嗡响。老汉们有些靠在篮球杆上，有些坐在乒乓球案上，有些坐在小凳子上聆听。还有四五个老汉围簇在一起掀花花牌。小商店里有孩子们出出进进。庙前，几个胳膊上围了红布条的人，是退休教师、退休工人，收布施。今年过年，村上未搞文化娱乐活动，年过得平淡。今儿的庙会，就像补过一个热闹的年。

临近晌午的时候，感觉到燥热。棉袜子在皮鞋里烧脚，毛裤捆着腿，上身的毛绒领棉袄，在身上穿不住了。先脱了鞋，让脚松活松活，然后换穿薄袜子。毛裤换成单秋裤，将棉袄换成呢子大衣，清爽了许多，头发也长了，得空去理一理。

第四日。

一早起来，见白色的雪覆盖了屋顶，山崖，路上又覆盖了厚厚的一层，一条沟笼罩在雪雾之中。一个冬天未来的雪，赶在春天来了。坡上树林子里，雪一簇一簇，没有被雪盖上的地方，黄土更焦干了。雪将层层叠叠的青麦覆盖，让干燥了一冬的麦苗得到滋润。雪也覆盖了河边村民倾倒的垃圾，让河边的树林更静谧。人重新换上脱去的冬衣，重新做回冬天的人。午后，屋檐上掉下水线。路上、地里的雪也一点一点融化。毕竟是春季了，地气升腾，雪无法盘桓了。

雨水多了，地里的麦苗青了，荠荠菜、杂草也起身了。想起了太姥姥，那年她就是这时节到家里来的，带来一段梦一般的生活。

活人

　　5岁的时候,我在村里活得猪嫌狗不爱。见了谁家的猪跑出来,我就撵着要骑,把猪撵得满村庄跑。而且有仇必报,走到谁家的门上,谁家的狗多汪汪两声,我就要瞅准机会,给撵打上两竹棍,让它以后把眼色长上。偶尔也办点公道事,老梁家的公鸡在麦草垛子后面猛追张姨家的母鸡,我看着那公鸡鸡毛飞夽的样子实在不顺眼,就追着将它们断开,保护了母鸡。那一年,张姨家的母鸡孵小鸡,21个蛋,只出来5只小鸡。村里的牛和骡子,那都是不好玩的笨主儿,自从那次戳朱家老黄牛的屁股,差点被一尾巴甩在脸上,从此我与它们是划清了界线的。

　　我在村里整天闲荡,后来发现,不光村里的猪呀、狗呀、鸡呀躲着我,村里的人也慢慢不爱理我了,从看我的眼神、说话的语气就能看出来,背后说我是坏娃。其实,我怎么是坏娃呢?我对着桥头庙里的神像说,我虽然跟狗呀、鸡呀打打闹闹,但我从没有想过杀它们,没有啃过它们的骨头吃过它们的肉,上天可以作证。那些说我是坏娃的人,他们吊起狗,取下咬在口中的刀子,剖肠破肚;踩住鸡头,猛砍,然后破肚剖肠。肉煮熟了,吃得满口是油,将一个动物吃成一堆骨头。每一回,我都不忍心看,跟我打打闹闹过的,都是我的朋友,怎么能吃朋友的肉呢?有一年腊月十八的傍晚,我看到张家猪圈旁两棵洋槐树间绑起了木架子,支起来一口大锅,我为我骑过的大黑着急。那天夜里,我悄悄跑到张家院墙侧面的猪圈,解开了猪圈的挂扣,开了门,想让大黑赶快跑,远走高飞。可大黑,胖得肚子扯到地上,它卧在那里,起都懒得起来。我伤心地回了家。第二天早晨就听到了它响彻村庄的号叫。

玩成一个人了,这村庄就越来越没意思了。

就在这一天,一辆架子车拉着一个老太太进了我家门。车子辕着地,未等拉车的人搀扶,老太太已起身站到了地上。老太太头上顶着一个蓝色手帕,斜襟衣服上扣着螺旋纽扣儿,大裤腿收束在鞋里,脚是小小的像梭子的小脚,挽着一个小篮子,笑吟吟站在我的面前。

我以为从电影里出来个人,妈说是爹的姥姥,我的太姥姥,85岁了。太姥姥见了我,就摸我头,我最烦人摸头,就不让她摸。她把青筋暴起的手收回,笑着问我多大,妈说去年八月十五就5岁了,太姥姥不知是没听清还是怎么的,竟然说:"咱俩一样大。"把我吓了一跳,就凭这一句话,我就觉得这是一个不一般的老太太。我一瞅,太姥姥果然和我一样都是豁豁牙,说话走风漏气,我觉得太姥姥真不是别人的太姥姥。

太姥姥就在家里住下了,和我同住西厢房的炕上。

几日后的一天上午,妈正在地里除草,一股浓浓的炊烟,升上了村庄。邻居常婶去自家地里送水经过,说:"你家厨房大烟小烟冒哩,还以为你蒸馍馍哩。"妈一听,一看,烟好像就是从自家屋那一坨升起的,紧张了:"呀,我姥姥在屋哩,不要给我把房点着了。"妈妈赶紧撂下小锄头,三步并做两步往回跑。

气喘吁吁跨进厨房一看,案板上摆了大大小小20多个碗,碗里盛着红艳艳的臊子汤。大锅里热气还冒着,里面也红艳艳的,放了好多肉臊子、红萝卜臊子,太姥姥正在往灶眼里塞柴。

妈赶紧把太姥姥手中的柴拿下,搀扶她起来。

"姥姥,你烧这么多汤,给谁吃呀?"

"给肚子饿的人吃呀。"太姥姥天真的眼神特认真。

"早饭才吃了,我把锅才洗了,你肚子就饿了吗?"

"我不饿,有饿的人哩。"

"我饿了!"我插话。

我看着一案板20多碗红艳艳的臊子面汤,难抑心中那份欣喜:这么好的汤,像过年一样,怎么能没人吃呢?我进门的时候肚子好像还饱饱的,看着这些汤,肚子咕嘟咕嘟就饿了。我掀开扣着的面盆,拿出一片锅盔馍,拧成碎块块,泡在一碗汤里,坐在灶火的柴墩墩上,嘻吼哈吼吃起来。

"看,把我娃饿成啥了。"太婆婆怜惜地说。

"胡豆,早上那一大碗糁子你吃哪儿去啦?"妈哭笑不得,赶紧将火塘里的火打灭。

太姥姥真是好太姥姥,知道我的心。谁规定,早上起来必须吃早饭?我就不能把它当午饭,再在热被窝里睡一阵么?谁定下的,晌午端(中午)必须吃午饭?我那时正要得欢,顾不上肚子饿么。谁说,太阳落山了就要吃晚饭?我的肚子在月亮升到半天才想吃么。人就不能把肚子饿时当饭时么!把肚子饿时当饭时,人就不受把作了么。

太姥姥一人在家,是不让人放心的,当然这里的人主要指大人。见日头暖和,妈就请她到地里去。妈拿了个小凳子,让她坐在避风处,放了个小收音机,咿咿呀呀唱秦腔戏。妈把一绺地锄过去又折回来的时候,发现了新情况——太姥姥也锄地了。她用我的小铲铲,将周围的麦苗铲倒了一大坨,和麦苗不一样的几棵植物她留下了。

"姥姥,不是让你听戏晒暖暖么,你这是做啥哩?"

"我除草哩，你看这草长得旺的。"

妈笑着叫我过来，我看到这一幕，心中当即狂喜不已——这是我多年来想干都没干成的事啊！村里的土地，长的都是小麦，这家和那家一样，这里和那里一样，这棵和那棵一样，简直烦透了。就像我在村里转，家家户户顿顿都吃的是搅团一样，倒胃口。我一直梦想着在层层梯田之间看到有一块地，长成草，那一定是跟别的地不一样的。春天麦子绿时，它开一地花，夏天麦子黄时它还绿着，当麦子离开田地时，它还长着。那样，参就不用跑很远，到山里或者渭河滩去给牛割草了。到来年六月，别人收获了一地小麦，我收获一地草，那是多有意思的收获啊！我一直想实施这个计划，甚至想偷偷来把地里的麦苗拔掉，但是白天村庄老有人，晚上出不来，何况父母这两个大人，都是不好惹的主儿，我的屁股记得那巴掌有多疼，这个计划一直没能实施，今天太姥姥帮我实现了。

"妈，咱就把剩下的草养上吧！我来管！"按捺不住，终于把自己暴露了。

"这是草吗？这是荠荠菜。"妈说。

咦！我仔细一看，这四棵小苗苗，有着锯齿一样的叶片，嫩生生，绿油油的。这就是传说中的荠荠菜呀，太姥姥简直是神眼。平常人们把地里剜来的荠荠菜看成稀欠，都舍不得给人。我种一块地的荠荠菜，那得有多少荠荠菜可以吃呀，早上煮了调着吃，晌午用油炒了吃，晚上拌在饭里吃，那我就是村里最阔气的人啦！我顿时觉得自己先前种一地草的想法，简直是亏待地，脸红得都不能再跟人提说这种想法，应该种人人都想吃的荠荠菜。对种荠荠菜的地来说，麦苗不就是草么，是草不就该锄了么！我的太姥姥呀，这二亩地都让你锄了，这里不就是一片荠荠菜地么！

晌午，妈给我和太姥姥碗里各放了两块肉，我悄悄把一块夹到了太姥姥碗里。

又过了几日。这天夜里,"咯吱"一声,头门开了条缝,一只小脚迈了出来,脚尖上顶着朵红玫瑰。白亮亮的村庄,空空荡荡。太姥姥抿了抿自己的头发,坐在了门前大树旁的石头上,坐在一片白亮中。

我听着了门的吱扭声,悄悄穿衣起来。其实,亮晃晃的光在窗外,我也睡不着。睡不着就难受,出去尿了一回,又想尿第二回。这时,听到门开,我就穿上衣服,翻身下炕,出去了。坐在门墩上,离太姥姥的侧影不远。

天清云淡,四野空旷。天上一个圆圆的光晕,洒下清亮的光辉。光晕仿佛就在树梢,伸手就能拽住。村庄的房屋,安详地错落在小河两岸,空空的道路上,没有脚步。小河里的水无声地向北流去。从未有过的静谧,让人的心中变得无比温柔。

"你站嘎,也躺下歇嘎,就不腰疼啦。"太姥姥说,对着眼前一棵粗粗的洋槐树。洋槐树立在静谧中,投下斜长的影子。

"你把我看嘎,回去吧,把脸洗一洗。"太姥姥出神地看了天上那个圆圆的光晕一阵,喃喃说。

空寂。

一只白色的鹭鸟,从远处的河滩,翩然而起,在天空悠悠地盘旋。平时,村里见到的都是灰色的小麻雀,偶尔有一只鹰。这样的鹭鸟,爹在渭河滩割草时,我在那里见过,从没有在这个山沟里见过。白鹭一阵远去,一阵归来,一阵在山梁的阴影里,一阵在明亮中,那悠扬的身姿,在空中飘啊飘。

"仙鹤啊,你寻福禄星哩?"许久,太姥姥说。

我出神了。

"呜呜呜呜……"太姥姥掏出手绢支在下巴上哭起来。

这时,门开大了,爹披衣出来了。

"姥姥,你哭啥?你俩坐着看啥哩?"

天上的鹭鸟不见了，空寂一片。

"太阳这么高了，村里咋没人出来干活哩？"太姥姥说。

"人都还睡觉哩。"爹笑呵呵说，过去搀扶太姥姥。

"把人都叫噶，晌午啦，胡豆。"回屋的时候，太姥姥叮咛我。

听着太姥姥的话，我的心中又有一种莫名的兴奋！白天有晌午，夜晚也有晌午啊，太阳是白天的月亮，月亮是夜晚的太阳呢！我想不来，为啥那么多人，天一黑非要睡觉，天一亮，非要不睡觉。我常常是，白天不想起，晚上睡不着。多少次，我就想把我的白天在夜晚过完，又把夜晚在白天过了。我就想把月亮当太阳使唤，把太阳当月亮使唤，看看日子有什么不同。

今夜，太姥姥把月亮当太阳，我也把夜晚当白天过了。我看到了从未看到过的雍峪沟，看到了白鹭在山谷悠悠飞翔。我在睡梦中，不知错过了这个村子多少事情啊。这件事情，多少年，我说给村庄的每一个人，他们都不相信，说我在说梦话。"太姥姥能给我作证。"每一次看到别人笑话的眼神，我都这样在心里说。

太姥姥真是会活人啊。在我家住了一个多月，想吃就吃，想睡就睡，想哭就哭，想笑就笑。她想把月亮当太阳就当太阳，想把太阳当月亮就当月亮。她把肚子饿时当饭时，把瞌睡的时候当睡时。当心里有话时，碰上树给树说，碰上草给草说，碰上狗给狗说，碰上人给人说，碰上自己的影子就给影子说，碰不上影子就自己给自己说。

没有人敢说太姥姥一个不是。

我就想，我要是能活到85岁多好，我想啥时吃饭就啥时吃饭，想半夜闲转就半夜闲转，颇烦了就骑着猪在村里转转，想给层层梯田当中拔掉麦苗种一片荠荠菜就安排人去种，那我活得就按我心里来了。虽然我算数不好，但我算来算去，5岁离85岁还远得很哩，我想想就灰心。这是我长大之后，离开这个村庄的原因。

这一天吃晌午饭的时候，寻不见太姥姥。妈从村南头寻到村北头，逢人就问你见我姥姥来么，都说没有。妈在村里寻找的时候，我沿着河寻，这是我经常玩的地儿。我北行到下河地头，过了小桥，又沿着河边的大路南走，走了一阵，就见河道里站了一个顶着白帕帕的老太太，是太姥姥。河水哗哗流，耳背的太姥姥没听见唤她的声音。

太姥姥其实就在我家门前的河里，但门前是一丈高的土崖，平时倒土倒垃圾，谁能想到太姥姥下去呢？我赶紧抓住河边洋槐树的树枝，吊了个猴儿，荡到河床里，踩着石头过河，将太姥姥搀扶住了。太姥姥拿了个细柴棍，在石头、土和垃圾里拨拉。左手里攥着个擦鼻涕的手帕，圆鼓鼓的。我问太姥姥咋下来的，她指了指北边场边几个脚窝连成的踏步路，那是平时我们割草时走的，太姥姥真胆大！这路我不敢再走，就引着她沿着河边往下走，走到桥头，顺路上来，绕了个大圈子回到家。

妈问："姥姥你做啥去来？"

太姥姥说："我把鱼走给哈。"

"鱼是亲戚吗？还要走。"

妈的话，太姥姥再不理。

我说："对，对！鱼儿是咱亲戚，麻雀是咱亲戚，青蛙也是咱亲戚，都是咱亲戚，都要走。"经太姥姥这么一说，我在这个山沟里的亲戚这么多：我追过的斑鸠是我亲戚，我挖过的蚯蚓是我亲戚，我害怕过的长虫也是亲戚，村里的牛呀、羊呀、猪呀、狗呀，不用说都是亲戚。"亲戚"，这词儿多好呀，这么多年我就没想到。从今以后，我见了它们，都叫"亲戚"！

"言馋很！"妈拧了一下我的耳朵，指拨我赶紧去吃饭。

太姥姥坐在院里的石饭桌前，妈给太姥姥把面端来。

太姥姥展开了左手——手帕松开，一个麻乎乎的圆球儿咧开嘴，两颗绿芽儿爬出来张望。

"槐子，槐子！"她喊叫着爹的小名儿，"把这个拐枣树栽下去！"

爹从地里刚回来，正洗脸。他赶紧过来，拿起一看——是一枚发芽的核桃。

"'桃三梨四杏五年，想吃拐枣当老汉'，娃，你当上老汉了，就吃上了，给姥姥也留点。"太姥姥给我说。

"行！行！"我往嘴里刨着饭，边狠狠点头。我想，我一定要当上老汉，一定要吃上太姥姥的拐枣，一定要找最甜的拐枣给太姥姥吃。

爹微笑着，再没言语，在井旁的闲地上挖了个小坑，将那芽球儿种上了。

后来，这芽儿竟然越长越高，成苗成树。这棵树在我的梦里，曾经一次次结过拐枣，吊在树上一嘟噜一嘟噜。从梦里醒来，一看，是核桃。我曾想把这棵核桃树嫁接成拐枣树，但问了村里所有会嫁接树苗的人，都不肯给我弄，就死了心。几十年后，这棵核桃树成为家里最老的一棵树。我的父亲，是心里长不住东西的一个人。包产到户后，别人种辣椒，他也跟着种，种两年不种了。别人种西红柿，他也跟着种，种两年又不种了。后来，种梨树、苹果，栽桑养蚕，都是三两年。门前屋后的树还算长得长，也长不过十年，刚能做椽子，就伐了卖了。我长大后，想起小时家里抽屉里麻钱儿、像章儿多得是，现在都成紧俏收藏品了，问爹，他说早就当废品处理了，家里没存下什么老物什。但是这棵树，活下来了，再挡光占地，爹都没有想过将这棵树伐了。因为这是太姥姥捡来的树，她要吃拐枣呢。

太姥姥住在我家里的一个月，家里让我开心的事儿越来越多。我突然发现世界上还有一个人和我想法一样，我再不为我总和别人不一样而烦恼。这是我的开心时光，村庄好像我的村庄一样，我活得像我自己。太姥姥一直住在家里多好啊。

太姥姥引出一场风波是后来的事。

太姥姥白天晚上在村庄里转悠，慢慢地，我们都习惯了。农历初十晚上，她出去又转了一回。我那天玩得累，瞌睡长，没有出去看。第二天早晨，父亲、母亲在我家门前吃糁子，邻居常婶也端着饭碗过来，边吃边谝闲话。太姥姥收拾停当，清清爽爽地出来了。她那阵儿不吃饭，只看着别人吃。常婶问候她，她不理，一脸茫然。她在门前走几步，停一下，又走，嘴里喃喃自语。突然，像想起什么来似的出了个大声："是柏石！是柏石！"

众人吓了一跳。常婶问："婆，谁？"

"是柏石，夜黑，把半袋面遗韭花门头了。"

众人皆张大了嘴。妈赶紧将太姥姥扶回屋里去歇着。

一个秘密，就被太姥姥无意中的一句话捅开了。到那天下午，村里几乎所有的人都知道了这件事。那个村庄，没有秘密。消息，像风一样，才闻着一点响动，早已钻墙缝、攀树杈，跑得很远很远了。早晨，村南头谁家的媳妇儿烙锅盔烙焦了，半晌午，村北头的人就知道了，还知道锅盔有多厚。村西头谁家的娃早晨起来不听话，屁股上挨了她妈两巴掌，到晌午，村东头的人就知道了，还知道巴掌的轻重。

尽管妈对外人说，太姥姥说话有一下、没一下，不敢信，但全村的人都信了，妈最后也信了。妈从太姥姥的裤子上，发现了杨树皮的渣渣。南头山槐家门前就放着一截子枯杨树，坐在那个位置刚好能瞅到隔壁韭花婆婆家的头门。

柏石爷家的人和韭花婆家的人从不说话，村里人知道，我也知道。据说，几十年前，两家人为争石磨发生过一场械斗，两个家族的人都卷了进来，好多人流了血。柏石爷的老婆一只眼睛受了重伤，韭花婆的老汉一只手臂没了。最后，柏石爷的小儿子坐了三年牢，韭花婆的一个儿子被关了二年半。几十年过去，柏石爷眼睛受伤的老婆去世，韭花婆没了手臂的老汉也去世了。两个儿子都落脚外地，韭花婆不愿去，一个人在村里生活，快 70 岁了，常常有病，日子过得艰难。柏石爷随小儿子一家在村里生活，光景过得倒红火。

消息传到柏石爷家，他小儿子没反应，反应最强烈的是儿媳妇。儿媳妇在家里摔碗碟，踢瓮笼。看到院里自家的鸡娃引着邻居家的鸡娃寻麦粒鸽食，一扬手就将烧火棍抡过去了，嘴里骂："吃里扒外，把嘴缝了去！"鸡娃吓得跌跌撞撞，张着翅膀，往巷道跑，争先恐后从大门底下往出钻。媳妇在家里闹的时候，柏石爷住的西屋连一点动静都没有。

第一天，没动静，柏石爷在睡。三碗饭，在柜上放着，没动一筷子。

第二天，没动静，柏石爷在睡。三碗饭，在柜上放着，没动一筷子。

第三天，床上的人两眼无光，愈发消瘦。儿子慌了，骂媳妇，媳妇的心也咚咚直跳。儿子跑到东村，找来老姑，跑到西庄，找来老舅，劝说老汉。直到儿子儿媳跪在了屋地，柏石爷才发了话：

"我这把老骨头也再浪费不了几粒粮食了。年龄大了，就想起老先人说，多积德多积善。仇怨到我们这辈人清了算啦，不能给儿孙留。争来怨去，有啥意思！"

这些事情，后来柏石爷的小儿子来家里喝酒，全说了，村里人都知道了。柏石爷的小儿子是个孝顺叔叔，后来他隔段时间就去韭花婆家里，剁柴，扫院子。韭花婆先是很冷淡，最后看这小伙子是实心实意，慢慢接受了。后来，面是柏石爷的小儿子在白天大大方方送去的。

这件事情，更让我觉得太姥姥是个神人。我原先以为，这个村里没有我不知道的秘密，只有我知道不想给别人说的，但是柏石爷每月初十晚上给韭花婆送面的事我就没发现，是太姥姥侦察到了。在太姥姥的小脚落在这个院里的时候，我就觉得她是电影里走出的人，果不其然。

太姥姥在家里又待了几日。一天，我从外面玩耍回来，不见太姥姥，也不见家里的架子车。妈说，爹把太姥姥送回去了。我的心里顿时空荡荡的。

日子又恢复到了以前。我在村子里晃悠东，晃悠西，对鸡也没了兴趣，对狗也没了兴趣。第二年，又被爹拽进了村里的小学，被学校收编，更没意思了。只是一日一日，院子里的那棵树长起来了。

20多年后，村里的老人们走了一茬又一茬，柏石爷和韭花婆都埋在了西坡。村庄的人们不再看牛，不再看鸡，村里的狗也没有几条了。村里人很稀罕地看我回来，接过我发的中华烟，讲我当年的趣事，说我这个娃聪明，淘气娃都聪明。我记得很清楚，这个话当年他们从没对我说过。

我再给人讲起白鹭在夜里飞翔的美，讲太姥姥，他们听着，很客气，很认真，像听远方的故事一样。我知道，我们虽然好多年同住一个村庄，但我们活在彼此相距遥远的不同的世界。

"太姥姥能给我作证。"我在心里说。尽管她已安埋在另一个村庄旁边的麦地里20年了。尽管门前长那棵洋槐树的地方早已空空荡荡，院里的那棵太姥姥没能吃上一颗果实的核桃树已经高大葱郁，尽管宽宽的大路是不认识的人走着。我想，在有白鹭的夜晚，她还会从安眠的坟墓里，飘然而出，在另一个山沟的麦田边，看仙鹤飞翔，对风和树说话。

在太姥姥去世的时候，没有人留意，我在吃臊子面时流过三滴泪：一滴是左眼睛流出来的，一滴是右眼睛流出来的，还有一滴，是从心里流出来的。

惊蛰记

　　惊蛰之日桃始华，
　　又五日仓庚鸣，
　　又五日鹰化为鸠。

　　灰亮的光雾，淡淡在傍晚的沟谷，是惊蛰时分。树在崖上，枝在树上，麦在田中，水在河中，都在薄薄的霭气中，似水墨画。
　　村庄似乎要进入梦境。洋槐树，将影子投入河水。龟裂的皮，苍劲的枝，去冬的枯叶、黑籽和一颗颗尖刺，在摹绘一棵树的迷惘。一株柳树，垂下道道细丝，似秀发披拂在水中，柔顺洒脱。便有两个天空，两个高处，远方从此更远。跳下去，可以跳进天空；飞上天，可以飞进龙宫。还有一处空白，是皂角树留下的。河边一窝大坑，是那棵皂角树曾经的家。皂角树，是大地噙着的一株80年的老雪茄在吐烟，烟在天空，也在水境。现在，只有大地张个空口对天。每一棵大树都有自己的故乡。那棵被兑换成纸币，搭乘卡车进城的皂角树，和这条沟里曾在它根上尿尿、枝上吊猴的石头娃、强强娃一样，进城打工去了，去给城里的广场站岗。它会不会和石头娃、强强娃想念哥姐一样，想念洋槐和柳树？只有空白留在它们的心里。

麦子，一株株立在坡上，叶子的边缘有些枯黄。去冬，没有一场像样子的雪来临，它们嘴唇干渴无比。风吹来黄土，黄黄的粉末，染脏了它们的衣袖。薄薄的雾霭，若能化成露水多好，却是空中的气，不能化在麦子的心里。天上没有响雷，土里僵卧一冬的虫豸，依然或许僵卧。麦子的脚伸向地中，没有虫子来挠痒痒。或许是醒来了，也懒得动弹。几只麻雀在崖头叽叽喳喳。这些嘴碎、话多的鸟儿，早晨早早起来聒噪，傍晚依然不忘叽喳。鸟儿让这迷恍的梦境有了声音，让内向的村落有了活气。

炊烟升起，像拽开了手榴弹的引子。

在一周之后，一场迟来的大雪，没有搭上冬天的云车，却乘着春天的风车降临在这个村庄。洋槐树的黑树枝上积了厚厚一层，柳树垂下的枝条上沾上了雪沫子，张口对天的树坑含了满嘴的雪，竹子的绿叶上攒簇着一层白雪。断断续续，日间雨，晚间雪，让干渴了一冬的草木得到滋润。

人们原以为坡上的小麦要旱死，一场春日里突然而来的冷雪，却让它们起死回生。这是惊蛰带给人们的惊喜。一年一年，一月一月，沟里的日子看似轮回、重复，却也有意想不到的事物，比如这场春雪，让那些被生活磨得没有心气的人们惊异天气的神秘莫测，也从此把希望揣在心间；让那些面对无数个平淡的日子，已经没有话说的人们，有了要说的新鲜话。

春雪过后，开的是桃花，零零星星的，站在塄坎上，有些孤单。但心里的桃花，却在灼灼地开，一大片一大片，开在多年以前的桃园。

桃花灼灼

进了雍峪沟，上个坡，见到一片桃园。桃园四周栽着洋槐，刺枝交错，成了一圈墙。园内有个草庵子，住着一个老汉，拴着一条灰狗，被树墙遮掩着，有一种神秘感。

三四月，天气渐渐温暖。桃枝爆出星星点点的花蕾。香气和蜜蜂是关不住的，往人鼻子里钻，在人头顶舞。不久，灼灼灿灿，一些枝条就高高向上，一些红粉出墙，惹得路人从树隙往里多看几眼：漫坡到崖根，一株株苍老的桃树，枝丫虬曲伸展，叶子和花儿渐渐丰裕，覆盖了整个园子。最后花朵越来越鲜妍，花瓣纷纷坠落在地，粉艳艳一片。树木之间时不时有个土包。树不知栽了多少年，反正自我小时候就一直存在，像路标，是人们进出沟的必经之地。

桃园的神秘总是一种诱惑。五月的晌午，我们五六个男孩参加完乡上中学的会考，回家经过桃园。静寂无人，肚子咕咕叫，园里的桃子悬在了枝头。谁叫那几颗桃子那么惹眼呢？我们盯视南北路人，身材最小的云松和田兵，豁开杂枝钻进了桃园。他们"噌噌噌"在枝上捋了几下，枝叶晃动，桃园里的狗"汪汪"叫起来。"来人了！"不知谁小声喊了一声。云松和田兵两人一惊，"嗖"地蹿出豁口朝南跑去。他们捂住兜没命地跑，我们在后面不紧不慢地走，紧张地往后瞅着。直到转了个大弯，才赶上快跑断肠子的他俩。他俩把桃给我们分了，青疙瘩桃又涩又硬，不像看着那么好吃。好长时间我们经过桃园都有些心虚，怕老汉拦我们。

曾有人将桃园的树墙挖开豁口，在路边堆了砖和沙。清明节有很多人带着纸到桃园来，我们慢慢知道那些土包是什么了，心里顿时变得肃穆起来。

父亲告诉我桃木是有仙气的，这是村庄人的仙居之地。桃园有很长的历史了，埋最初逝去的人，栽一棵桃树，埋后来逝去的人，接着栽桃树，后来就成了一片林子。1981年分地时，有人想把桃园分了。村里孤身的李老汉，在族里辈分高，他把烟锅一磕说："桃园是祖宗的灵园，桃树是为祖宗守灵的，怎能分了？桃园我去看，生在这儿，死埋在这儿。"从此，李老汉住到了桃园里，冬天才回村。我这才知道老汉看守的不是桃。

离开老家很多年，清明节回来祭祖，再次经过桃园，我发现桃树、洋槐树墙、庵房、老汉和狗都已不见了踪影，一片坟墓荒落在那里，酸枣刺和蒿草长在塄坎、土包上。村里人说，李老汉去世后，没人管，村里人就把这片不赚钱的桃林砍了。

我在桃园站了许久。20年来，我看到许多优雅而含蓄的事物离去，许多粗鲁、丑陋直白地、毫不在乎地存在。我想起往昔，想起桃园的桃花，还有被人砍伐的几百岁的老槐树。我看到早年故乡农民的照片，他们穿着黑梆梆的棉袄，扎着绑腿，脸和衣服干干净净，眼神纯净清澈，没有像现在一些人眼里的焦躁、浑浊。许多年里，很多事物改变了，包括我们的脸和眼神。这些照片中的人，就是那些在桃园的花朵里安息的人们啊。

我不知道经过这里的人，有没有感到寂寞。南坡、下河和这里的三处桃园都没了影子。没有见过桃园的孩子，还以为这条沟自古至今就这么单调、沉寂。那些前辈人种的桃花曾经把鲜艳的春天带到这个山沟，给人们带来春天的感受，让生和死都有了一种美的韵味。

春分记

> 春分之日玄鸟至，
> 又五日雷乃发声，
> 又五日始电。

春分日，阳光薄而柔软，弥散在沟里，亮了草木，沁氲在我的皮肤上。

我从西边的坡，一步一步攀上土崖。杂木丛中，一株水桃花，爆炸开繁星似的小花，红中带黄，让人的心中荡漾欢喜。构树叶子褪尽，枝条简练，密密麻麻，挓在堎坎。冬天，红构桃儿和绿叶儿，不畏冷，恋在这枝上。到了春天，别的树叶儿花儿萌发的时刻，它还冬眠。迎春花，是含着雪开的，现在点缀在浓发似的绿条中的，是笨花儿。远处几株洋槐树，遒劲苍黑的枝条，随意俯仰，风骨硬朗，籽儿絮絮索索，吊在枝条上。

一片菜地。栅栏是一圈儿花椒树围就的。花椒的刺，像戈，刺向空中。周围的空气见了，都要躲一躲。在一些短枝上，芽儿像一簇簇黄绿色的火炬，静静晒太阳。透过树隙，看见一片空地覆盖着几道白色薄膜。左边，一片蒜苗儿身材高挑，感觉老了。旁边菠菜，也是站在田地，拥挤着，也老了。倒是右边的韭菜，发长起来，嫩生生、绿油油的，着实可爱。

缓步向上，视野越来越开阔。看看蓝天，望望对面的山梁，呼吸一口新鲜的空气，有一种清凉的爽快。

小路缠绕着梯田的塄坎向上扭去。路边，密密的野草，张扬地绿；零星的瘦瘦的油菜花，谦虚地黄。其间，有一片一片的铺满地的绿叶，绿叶上绽放着蓝色的花儿，似繁星点点。我掐了一朵，花朵没有指甲盖大，四扇花瓣，像光润的绸扇掬起，两根细丝一样的窈窕的蕊儿，就在其中颤动。这花草有个名字叫婆婆纳。为啥叫这名，我没问过村里人。这名儿，让我想起村里当了婆婆的老太太们，将自己的心儿放得很小很低，像这花儿。

田地里，大片的青麦正在生长，已经长到一筷子高了。村里的人们知道，五丈原的庙会来了，是踏青跟会的时候了。

五丈原庙会

　　热闹的春节过后，乡村迎来一段空寂的日子。冬的余威尚在，依旧冷，草木慢慢由苍灰向黄绿过渡，日子闲淡而又漫长。

　　就在人心闷的时候，农历二月十九日，期盼已久的岐山县诸葛亮庙庙会终于来了。四县八乡、十里八村的乡亲们，携儿带孙，呼朋引伴，走，跟会去！

　　五丈原是诸葛亮六出祁山伐魏最终星陨之地。"一诗二表三分鼎，万古千秋五丈原"！人们在此立庙祭祀他。地处五丈原下渭河平原的高店，古称魏延城，曾是蜀军大将魏延驻军之地。从高店的街巷到五丈原诸葛亮庙，一年一年，古会在一代一代人的记忆中沉积。那一幅幅画面定影成一本相册。每打开一个单元和一幅图片，它们就在脑海中流动起来。

　　三三两两的人群，从乡间的小道汇到大道，再从土路汇到柏油路，待到高店街时，就成水流一样汇成大河，涌动在横竖几条街道的河床里。诸葛亮庙在高店街后面四五里远的五丈原上，在街和庙之间的路上，是一拨一拨的人和车。一街两行的吃食摊子，杂七杂八的物品售卖摊子，大戏杂技，各种杂耍，人车混杂，红男绿女，老老少少，拥挤、喧闹、嚣杂、热烈、好奇、兴奋，各种感觉交织在一起，将心中几月积的清寂之气驱散。

人潮涌动的街道两边，是面皮、醪糟、粽子、臊子面、大肉泡、羊肉泡……一家挨着一家。大肉泡摊子上，大锅里热气腾腾，一个煮熟的大猪头置于案上，"二师兄"尖嘴微长，支棱着双耳，似要跃入汤锅。铡面摊，一位穿蓝大褂的汉子，双手捉一米多长的铡刀，左右提顿行走，切出的面条细如须丝。"擀面皮，蒸面皮，来，坐。"大伞之下，一个围着围裙的胖女人坐在小桌前，左手执瓢锅，右手捉筷子，飞快挑翻，双眼迎着在摊前张望的过客吆喝。红艳艳的面皮面筋在锅里翻腾，几下就上了色，然后细心拨到碗里，端给小长凳上等着的顾客。我刚坐定，胖女人从一摞面皮中，揭起一张一对叠，手起刀落，继续看着路边客喊："来，坐。""当当当"，刀刃就在指头尖尖上起舞，让人觉得仿佛要切到指甲上，女人却不看，一行行细细的面皮整齐排在砧板上，继续抄瓢，调制。我吃一碗，香辣劲道，满嘴是辣子。刚吃罢，旁边摊子上的鸡蛋醪糟做好，喝一碗醪糟，又甜又解渴。起身，前行，人流中飘荡着各种各样的香味。

正街有好多衣服店。庙会也是乡村的少男少女的节日。有些刚经过媒人牵线认识，才一起出来跟会，有个短暂的观察、了解，也买些小礼物。这一天的印象好，就能往下谈。印象差，就回去，各走各路。还有些，是已经订了婚，春节前已经买过冬季过年衣服，现在买春夏衣服。一个店一个店转，女方看中的，男方或满意或不满意，这与兜里的钱有关。有时，买到两人都中意的，价格合适，都很高兴。有时因审美、因价钱，也会闹别扭，甚至不欢而散。村里有个女孩芳芳18岁，和19岁的未婚夫跟庙会，两人就谈崩了，衣服没买下，还生一肚子气。回去，男方父母骂小伙一顿，第二天，小伙又上门去邀约。芳芳不同意去，父母再规劝，也就去了。男娃这回大方，不光买了衣服、还买了鞋子，吃了大餐，芳芳回来时高高兴兴。

　　背街向南，蔬菜集市、大肉集市、粮食集市，也是人头攒动。到了尽头再西拐，人渐渐稀疏，各种农具、草编、竹编的器具摆在旁边，还有各种树苗和花木。再往前，进入一处木桩圈着的麦地，就到了骡马集。人来跟会，牛也来跟会，马也来跟会，骡子和驴也来跟会。牛呀，马呀，骡呀，驴呀，一个桩拴一个，遍及视野。爹也牵牛来卖。牛是关中黄牛，高大健壮。但每天牵牛来，也要走很长的时间。有人询价，经纪人及时跟进。是个戴着黑礼帽的老头子，一副黑墨镜，链子吊着，镶着金牙。他笑着，将黑礼帽摘下，卖主将手深入，两人在帽子下捏揣。一方伸出一把指头，对方握住，再扳倒其中一个指头，再伸，再扳，卖主摇头。卖方抽出手后，经纪人再邀买方手进入帽下，再捏揣。最后，经纪人将礼帽戴上，干脆将搭在肩上的黑上衣拿下，搭在手臂，双手交叉，将两人的手拉入，进行手谈。最后，买主转身离去。一阵提来一个黑皮包，打开将一沓沓钱数好交给经纪人，经纪人数过，再交给爹数过。买主拿来一副新牛皮圈和缰绳，换下牛的老牛皮圈和缰绳。买主牵牛离去。爹掏出一张钞票递给经纪人感谢，然后拿着一副空缰绳走了，目光还向着牛离去的方向……卖牛的人，拿到一沓钞票，很少有欢快，心中常常是怅惘。人和牛时间长了也有感情。这是多年以前的事了。现在，机械化普及，农村耕牛大量减少，有的也大多卖给屠宰场，所以诸葛亮庙会少了牲口集。

　　多年的庙会中，在高店街的南边、通往诸葛亮庙大道的起点，是一排的大棚歌舞杂技表演区。巨大的帐篷内，音乐铺天盖地。周围的台架上，四五个泳装少女踢踏跳舞，下面全是男子，有些人羞涩，有些人微笑，有些人偷看，几个老头噙着旱烟锅，聚精会神。一会儿，人们惊呼，只见一条长一米多的蟒蛇，从少女左肩吐着芯子游下，又缠上右肩头，蛇头钻入少女的双胸之间。门口，还放着一个箱子，只有人头，不见人身。人头还眨巴着眼睛，望着行人。这是多年前的把戏，现在少见了。古堡搭建在一辆长卡车的车厢内，像砖砌的一样。古堡城墙上，左边是一个黑衣的吊死鬼，右边是一个白衣的冤死鬼。堡下墙根站着两个蓝衣鬼，青面獠牙，着清代官员装束，顶戴花翎。越怕越想看。就有人进去，出来后喊"地狱啊"。回头一看，门上对联是"古堡惊魂走一回，心中无悔不怕鬼"。

从高店街往东南走几里路，随着人流，过了一条河，就到了一个村庄。沿着村中的大路往南，就走到了坡根。坡根有一眼泉水，水泥护栏和柱子上蹲着的走兽围着它。水里沉着好多硬币，水面飘着一毛五毛的纸币，传说用它来讨吉利。原有五丈高，前峙渭河平原，显得高大。沿着曲来折去的盘盘道上坡，人三五一簇，有上有下，相逢侧身避让。路边每隔三五步，就有一个缺胳膊少腿的人，或坐或跪，或躺或卧，前放一只瓷碗，见人就叩头。仿佛把全世界缺胳膊少腿的人都集中到这条路上了。行路的人心里瘆得慌，给可怜的人碗里放些钞票。攀到原顶，豁然开朗，一片平地，古槐笼阴，庙门巍峨，上书四个遒劲大字"诸葛亮庙"，门上对联是"一诗二表三分鼎，万古千秋五丈原"。当年，诸葛亮六出祁山，最后星陨五丈原，"出师未捷身先死，长使英雄泪满襟"。庙是收门票的，所以外面的人比进庙的人多。进庙的人，也不知把庙转了多少回。观庭中三株枝丫交叉向上的结义槐，赏厢房内壁上刻着的刀飞剑舞的岳飞手书《出师表》，击鼓几声，浏览侧房蜀国文臣武将的雕像，至于庙中。诸葛亮坐于正殿，羽冠纶巾，"出将入相"四字高悬，有人跪拜。后院，高台上，为诸葛亮衣冠冢，香烟袅袅，众人跪拜。后面院中，花木扶疏，寂静一片，一块嶙峋如料姜石的陨石列于亭子中，是为落星石。诸葛亮庙以南数里，有落星湾，传说是此石的坠落之地，那是巨星陨落的天启。目光越过红墙向南望去，可见云横秦岭，落星湾就在不远处吧。

　　熙攘的人流和嘈杂的人声簇拥着诸葛亮庙，庙会的主要娱乐在诸葛亮庙的外边。诸葛亮庙后面的野草地上，撑起一座帆布舞台，上为鎏金大字"秦腔剧团"。一二百男女老少坐于荒草之中看戏，草就像人缝中长出来的，人也好像从草缝中长起来的。台上，紧张的锣鼓声中，一身红衣的穆桂英，"哒哒哒"带着兵队骑马而来，与酋敌花脸将领激战，你一枪来我一鞭，我往你来……阳光洒在台下一个个脑袋上，有些白发，有些黑发，有些戴着棉帽，有些戴着白草帽，有些戴着蓝单帽，在帽子上看不出季节。眯眼的男人将烟叼在嘴角，湿了半截也顾不上点着。一个三四岁的小女孩骑在小单车上，仰头观看，奶奶在后面扶着，整理塑料袋里的东西。只有人背后，一辆手扶拖拉机上，一个女人戴着红帽子，围着红围巾，遮住脸，只亮出两只眼睛，抄着手，坐在那里看。戴着墨镜的男人坐在驾驶位上，背对着戏台和女人，和拖拉机头一样望着缥缈的远方……穆桂英大获全胜，众兵士雄赳赳转身下场，穆桂英满脸喜悦，再翻两个滚翻，众人喝彩。穆桂英下到后台，后台人员帮忙卸下背上野鸡翎。穆桂英来到后台东面，一身蓝衣的丫鬟坐在戏箱子上晒太阳，若有所思。几个先下台的红衣兵勇，叉腰站在旁边，阳光打在背上。舞台之后，荒草萋萋，那位被打败的敌酋将领，卸去戎装，往草深处走了十几米远，着急地解开腰带，一阵急雨……巍峨的青山，在远方横着。台上，皇帝正和朝臣商议边关城池危机，愁肠百结，心急火燎，口干舌燥。台下的男女，心中念叨着戏词，从满头青丝，念叨到满头白发，皱纹挤满脸额。穆桂英走到阳光中，一峰孤独的骆驼出现在视野。

　　高大的骆驼站在荒草地上，驮着峰山，眺望南山。在戏中，骆驼穿过大漠，为宋代的敌酋驮送军粮。而今，它披着红色的毯垫，垫子上盛开几朵鲜艳的玫瑰和几行英文字母。头顶一朵大红纱花，像新郎胸前别的大红花。一串红绣球，自胸腰而过，绕身一周。旁边一只铁架子上，还停着一只绿尾的孔雀。"合影10元"，旁边牌子上写着。一个戴着白草帽，鼻梁上架着墨镜的老汉，背着手，扫了一眼孔雀又拧身看骆驼，骆驼仰着头看天。无人合影，孔雀伴着骆驼，无语。几十年前，这些都是孩子们稀奇的爱物，如今早不稀罕了。骆驼望天一阵，又扭过头。

  站在骆驼眼中的是一圈人，小孩和青年人居多，围得密密实实。西头放一辆厢车，车上开一门，挂彩门帘，前站穿红超短裙和黑皮靴的女子。正前草地，铺一张旧红毯，毯上一箱、一桌。一满脸横肉的壮小伙，手执话筒，大声吆喝："我来自河南嵩山少林寺下，祖传八代，专治跌打损伤。丸、散、贴，都药到痛减，药到病除。乡亲们看——"小伙从女子手中抓过一只红公鸡，鸡头被揪住后仰，双爪收缩。小伙抓住鸡腿，使劲一拽，"咯嘣，咯崩"，断鸡关节腿筋。围观者皆心惊失声，怕看又想看。小伙将鸡耷拉着的双腿展示给众人看，将鸡放在毯上，鸡站立不稳，随即趴窝，又挣扎，但站不起来。小伙，又拿出一绑着红布的大葫芦，倒出几粒丸药，放在嘴里嚼烂吐在手心，又噙一口白酒，右手抓起鸡，仰口吐白酒于鸡腿上。又将鸡放桌上，左手敷药，再用布带缠。毕，放一边。这时，超短裙女子上场，劲舞高歌。一曲毕，小伙重又拿鸡，鸡卧桌上。"乡亲们看哦——"小伙解去布带，"乡亲们能否鼓励一下鸡，一、二、三——"众人跟着高喊。鸡在喊声中，挣扎几下，猛地站起，抖动了两下翅膀，振翅跳下桌子，在红毯上悠闲地散起步来。众人欢呼。"我家祖传八代，专治跌打损伤，药20元、40元、80元、100元的都有，前三人免费赠送，买200赠80。"小伙高扬手中药袋，有人散去，圈子露出缝隙。有人好奇，上前领药。有人上前买。记忆犹新的是，去年这个小伙尚说他来自"高山少林寺"。散了的人往西走去，有更玄乎的。

  远远看到，一座管架，如独蠹的一个单元的高层楼房的框架，高高地，直刺蓝天。走近一看，足有30多米高。两边，一阶一阶横着的，是一道道寒光闪闪的铡刀刃，在阳光下，一座刀山直逼人心。上刀山开始，鼓乐起，黄衣法师列队在刀山前祈福，叩拜四方神灵护祐并在上刀山者手心、脚心写符。上刀山者为两青年，一着黄衣衫，一着红衣衫，头扎红带，腰背20多斤的红布带。音乐停止，众人屏息，上刀山开始——第一步，左脚斜搭在刀刃上，绵软的脚心缓缓吃进刀刃，脚踝紧绷。第二步，右脚直上，踏在刀锋，刀刃横切脚心。第三步，左脚往第三刀换，重心一瞬全压在右脚，刀刃似挤进肉里。再换脚，一步一步，越来越高。刀山在蓝天下，似天空悬而下的一道天梯。黄衣人和红衣人，在天梯上是如此遥远而孤独。光光的肉脚，在锋刃上攀登，似要上天而去。不知过了多少时辰，他们终于迎面攀上了顶上的小平台，站立挥手，音乐声起。上山容易下山难。下刀山，更是小心翼翼，镜头里，疲倦的人，大颗的汗滴从红脸膛上一颗一颗滴下，像铅块砸在人的心里，溅起浮尘。脚心或许也出汗了吧。脚掌左横在刃锋上，右横在刃锋上，重心下递，一步步向下。人们只看见，黄红两个鲜亮的衣衫在闪耀。裤子下的脚，知道山有多险。衣衫下的心，知道经历多少。终于，黄和红沿着天梯，从天上回到人间。被人抬起，绕场一周，众人细看，脚心光洁无痕。将红布条散给大家，手端草帽，五角、一元、两元的票子投在草帽里……此时，黄与红，坐在箱子上，喘息甫定，刀山依然在天空下闪光……"刀锋上励志，悬空处洗心"，刀山下的一副对联令人回味。

人流涌动，人声喧嚣，人们赶一场会。在会场的南面，春天正在发生，大片的苜蓿，大片的青麦正在拔节生长。远处的秦岭大山，在云天下默默地看着这一场附近人的聚会。

清明记

> 清明之日桐始华，
> 又五日田鼠化为駕，
> 又五日虹始见。

　　雨从夜里来，悄悄湿润了村庄。天亮之后，四野，带着一种凉气。雨，仍然在滴，湿滑了地。清明的雨，是1400年前一个叫杜牧的诗人预告的。这个预告，在雍峪沟也很少落空，比气象台的预报还准。

　　晌午时分，雨歇了，沿着河边的路上行。被风折断的白杨树，横在河边，一株玉兰树，洁白的花，灼灼而醒目地开着，独自繁华。庙会时曾经热热闹闹的戏楼院子，空无一人，连翘花儿，自己黄着。过了老皂角树，拐台上的人家门前和屋后坡崖上，一簇簇的竹子，被雨滋润，青翠欲滴。一个40多岁的女人，从自家门里出来，端着个白钵钵，用筷子挑着翻搅一碗宽面条。面条在钵钵里，翻伸张扬，辣子的红，仿佛就钻进眼里来。

再走两里，到了山底下。河边的十几户人家，均已搬迁，老房子残破坍塌，唯有一户人家门口有个大坑，是青贮的玉米，那是放羊人利用的，羊这阵应该到山里吃草去了吧。抬头一看，一道大坝就矗在眼前，横断山谷，这是村里的水库——雍峪湖。

喘着气，爬到大坝上。半湖绿水静卧，两边山梁将影儿投在湖里，树木像毛笔皴染上去的。湖的东坡，万千棵洋槐树，随意站卧，苍黑的主干顶着灰白的老枝叶，沧桑而又潇洒。洋槐树，还在过着自己的冬天。而林子里，草已茵茵而青，像汗毛一样，传递着大地萌生的春意。走到湖尾，一股水流从石崖上跌落，掉进湖中，这是雍峪河。河水，细而清，在绿草、黄叶、黑树、白石杂生的沟道，拧身曲折，直到秦岭深处去。小桥是横了几个洋槐棒子再垫土修成的，桥身压着还没等到春天的枯蔓，桥面上却是青青的草，踩上去柔柔的。一个石崖上，有几个孔，或许是过去栈道的遗迹。在山坡之上，一片李子树的白花像氤氲着一片白色的缎子，几座坟包上盖上了新纸，那是生者对死者的惦念。生与死，来者与去者，都呈现并联接在清明时节的绿色与白色间，散发出独有的气息。

响午的沟谷，寂静一片。我大喊一声，沟谷回荡着我的声音。

万物生长

从城里医院回到老屋,母亲躺在了炕上。

屋内阴凉,母亲盖上了被子,眼睛睁得大大的,看着天花板。一片岑寂。墙上的年画,柜上的杯子,箱子上的衣物,角落里的鞋子,以原来的姿势站卧,安安静静。唯有柜上的时钟的声音,异常清晰,冷峻如往。老屋,就这样容留了从医院归来的母亲。医生说,躺过春天和夏天,她的身体才有望恢复,不再疼痛。

无法行走的母亲躺在老家的土炕上,而屋外,春天正在发生。

地里,大片大片的青麦正在生长。这是青色的海,麦子的海。这海,从小河边漫上山坡,跃上一层一层的梯田,奔涌着,直上山梁而去,与蓝蓝的天空相互激荡。那绿色的海,是一年中,这个山沟最博大的色彩,含蓄着一种似要溢出的激情。麦穗还未出头,日光在一片片叶子弯腰的节点上反射,像无数的星点。一颗叶片上的露珠,亮晶晶的,耀眼成一颗太阳。细看,一片片长长的韭叶似的绿叶,在拽着细细的麦秆拔节。一节,两节,那叶子仿佛等不及麦秆迟钝的成长,把自己高高长长伸展开来，比麦秆还高。谷雨前的这个晌午，山沟里亿万株麦苗，就这样被数亿片叶子拽着，拔开骨节，朝天生长，仿佛要把这片绿色的海拽向天空。

　　河道里，一片静谧。野草们得了水的滋润、阳光的关照，一株株，伸长脖子，张开双手，在进行绿的无声的合唱。河边的老杨树，笔直地刺向天空，叶片像梦幻的精灵一般，挂在老树枝上。老杨树，又抽出了新尖，拔节向天。远远看去，像笼了淡淡的黄纱。雍峪河，流淌在树荫、草丛簇拥的谷道。水头，将一节节的水流从山里拽出，越长越长，无声地向北逶迤而去，像白练。几只鸟儿，仿佛是为了衬托这晌午的寂静，在枝头鸣叫。偶尔，幼鸟跳起，振翅平飞，幼鸟脚上与翅上的骨节，也在这个春天拔节。

　　春天在身外发生，万物拔节生长，生机勃勃向高处、向远处行走。而母亲躺在一片寂静之中，被疼痛软禁在土炕之上，只能任思绪的天眼在庭院、村野漫漫游走视观。迷迷糊糊中，所有的一切都恍恍惚惚、迷迷离离。忽然，她看见，一株枣树开着小花儿，向天直长、长、长，挺拔的身躯越过山梁，直向天上的云朵长去，周身的骨节嘎嘎作响。母亲平躺的身躯，也在长，越长越长，从秦岭根，一直长到渭河边，又越过渭河，向北原长去，她的骨节也在簌簌作响。母亲从来没有见过这么长的自己。

　　这株枣树，似曾相识。母亲还是个小姑娘的时候，也像屋旁的树、地里的麦、路边的草一样，在春天这个时候拔节生长。那是一个小女孩又惊喜、又害羞、又慌乱的年龄。阳光照耀，她的身体内涌动着不可名状的热量。她的骨节簌簌拉开，个头噌噌上蹿，原先的衣裳短小了。她从一个懵懵懂懂的小姑娘，出落成了一个大姑娘。外婆说，你长得比家门前的枣树还快。几十年过去，老屋变成麦田，外婆长眠于东坡，枣树不知去向何方。母亲在梦里一次次寻找，今天终于找见，原来，原来它长到天上去了。

世间好多东西的生长，都是从地往天行走，像河边的树、草。还有一些东西，与天地平行，从此往彼行走，像门前的山梁、小河、大路。唯有人，白天，竖立天地之间，从地往天生长；晚上，却与天地平行，从脚往头生长。现在，母亲在白天只能和在黑夜一样。

当身躯越过渭河的时候，母亲倏然一惊，为自己飞一样的生长惊奇。她一下子醒了，回到现实中来。其实，到了60岁，无论竖立还是平行，无论白天还是黑夜，她已不再生长。她的身体，已经达到了自己的限度。但是今春这番髋部难忍的疼痛袭来，在城市的医院拍X光片、做CT、核磁共振之后，医生指着一张张大大的片子说，腰椎间盘突出、骨质增生，这是所有疼痛的来源。

蜿蜒北去的小河，腰身那么长，腰椎间盘突出那么多来回，也没见喊疼，留下的是优美的曲线。从秦岭延伸出来经过门前的山岭，几十里长的身躯，骨质增生一段两段，也没见佝偻，跌宕的脊线反倒更加生动。但是和小河、山梁共度岁月的人不一样。少女时代的春天，母亲身体生长，带来的是惊喜。尽管，骨节生长时，偶有疼痛，但很快就过去，从不曾在意。而今渐近老年，身骨些微的突出和偶然增加的生长，带给母亲的却是钻心的疼痛。

春天，万物生长，母亲曾经青春的身躯却不堪一点点腰椎骨头生长的疼痛。她在向老年过渡的门槛上站立不稳，疼痛难忍，只能躺在草木生长的春天里。但母亲没有喊出来，在漫长的生活中，比这更为疼痛的疼痛都没有击败过她。一个农妇的坚韧，有时超越人们的想象。

我，那个曾经在院中奔跑的男孩，站在院中，树看着我，我想着母亲。

重叠而生

沿着那条埋伏在参差散落的土房子中间的小路攀登而上。酸枣树和蒿草在土崖上染下一道墨晕，几株苍黑的洋槐树歪歪斜斜在人家屋外，而忽地腾出院墙的一株野桃花的哗啦啦的白，意外地鲜亮刺眼。

小路歪扭到近天的地方，就到了山梁顶。南山峻巍，土塬平坦，一片野地呈现在眼前。大片大片的野草，任意苍黄，随兴铺展，在天空下蔓延。有几只长尾巴雀鸟，在空中飞过。风，疾速但无声，静寂。

远远的，一道影子，在荒野之中，孤独站立。

脚步迎风而去。干脆的野草，踩上去，绵绵的，一步一步，抬举相送。影子，越来越清晰，最后，它就这样站在我的面前——门。

就像一株被遗忘的没有收割的庄稼，荒野之上，这栋门楼，不知经历了多少岁月，依然在风中矗立。青砖垒砌，白灰勾缝，约有三米多高。屋脊上，青瓦相扣，像一双双眼孔连绵。眼孔之上，是砖雕的花枝草叶，栩栩如生，每一块都顶着瓦帽。门楼上的青瓦之上，荒草萋萋，在风中，像硬扎扎的头发杂乱刺舞。檐头的瓦，每一个下面都衬托了瓦当。雕刻如三角的耳坠一样的青瓦当，像檐瓦伸出的舌头，护着下面的椽子。那一排孩子胳膊粗的椽子，头裂了口子，有些麻黑，有些沾些灰白。椽子上面是横梁，横梁的中部不堪重负，已经凹了下去，像一张弓。让人担心，这张弓将力量积蓄得足够多时，会不会，在某一个不为人知的黑夜，一声咳嗽，将屋瓦弹射出去，飞向天空，片片的瓦花迎着星星舞。门楼内，镶嵌着两道门框，外边的，草花造型蜿蜒而下，像门帘挂起；里面是安门扇的门框，门框顶部突出两个门当，所谓门当户对，即如此吧。门扇不知去向，门是空的，任风来云去。

在荒野之上，天空之下，这道"门"独独地站立。如果以天为地，以地为天，那么在天上的云看来，门就垂在天空，空空荡荡。它像在坚守，像在遥望，又像在等待。天地以它为镜框取景，晨，大地举起它，迎朝阳于其中，晚，云天垂下它，纳夕阳在其内。余时，云气、飞鸟、翔虫，一晃而过。簇拥着门楼的土墙，已经坍塌、破碎，与土地融为一体。这个曾经的院落已经化为土地，与荒原融为一体。但是，门的站立，将荒原分割为彼此，并将地凸起向天伸展，顽强地将过去矗立在现在，让荒原不同于往。

"当，当——"我敲了敲门框，然后两步轻轻迈进了大门。尽管，围墙已经无存，但是我作为一个访客，不能像野兔一样，不能像山羊一样，不能像风一样，随随便便，从四边随意穿过。门内的地里种了些油菜。三月雨后，依然很冷，一朵朵的油菜，青叶与黄叶相拥，还有一坨坨的杂草，铺陈出一片院落的形状。油菜，在风里，冷静站立。对我这个不速之客，无动于衷。我站在地里，感觉就像站在一户人家的院里。两边的油菜地上，多年以前一定长着两排厢房，每到早晚，天空一定长着袅袅升起的炊烟。中间那一朵朵油菜下面，密密麻麻地长着一朵朵的脚印。那脚印重重叠叠，有男人、女人，有老人、小孩，一定还有一双裹脚的脚印。在里面的一间屋子里，槽上还拴着骡子或牛，半夜，铁缰绳在槽口,轻轻磕碰作响。院中飘荡着属于这家人的生活的特有的气息。

我想起我出生的那个院落。雍峪沟南面坡根的一片玉米地,在母亲的叙述里,一次次长回家园。亲人们送母亲出嫁来到这个农家小院。温顺地偎在围墙根的柴火,一抱一抱来到灶火,在锅眼里熊熊燃烧。爷爷端一碗搅团,蹴在门前的碌碡上,和人边谝闲传,边吸溜,一阵吃得干干净净。晚上,辘轳将一个月亮从院中的水井中摇上来,在桶里晃呀晃。两房热炕,温暖冬春。40年前的春天,一个娃娃哭喊着来到人世,这个院落接纳了我。某一天夜里,母亲感到头顶的灯眩晕似的摆动,父亲在屋外喊地震了。在空地上搭起地震棚,母亲和我住了进去。这一段经历,母亲刻骨铭心,我却浑然无记。背靠土崖,有滑坡危险,不长时间一家人就搬离了这个地方。一年一年,这里长出玉米、小麦,有时还长出西红柿、辣椒,在淡淡的云天下。这里成为了庄稼地,我的哭喊,没有沉淀在那土疙瘩里。我的小脚印,没有保留在土行里,我的尿,也没有滋养任何一行庄稼。那一口填了的水井不知还能不能打出水。每次经过这个地方,我都想不来这是我的故居所在地,只有在母亲的回忆中,我才努力想象,在这片庄稼地里勾勒往事的轮廓。如果有一栋门楼立在这里,哪怕里面再有一地玉米、一地小麦、一地油菜,我都能想来家的模样,但是没有。

故园,像一张陈纸,像一片树皮,偶然地落在故土之上。那不朽的门楼,像一个徽记,把一家人的院门牢牢栽在大地之上,牢牢渗进土里;像一颗钉子,将一片故园牢牢钉在这片大地之上,避免了它被岁月的风吹走,被路过的鸟儿叼走;像一个界石,将家园与荒野区分,故园再不会沦落成荒野。它像一颗老槐树,向未来的岁月努力伸展,根却牢牢扎在往昔的生活图景之中,每一根沧桑的枝叶,都找得见往昔的痕迹。执拗的门啊,像执拗的人,不肯忘怀,也不肯离去。

但是从荒地或者庄稼地长成屋院,又从屋院长回庄稼地或者荒地,一代代，这样的事情是不是一直都在发生？我们只是经历了短暂的一截子而已。就是这短暂的一截子，也让好多人感伤，因为人只有短短不到百年的生命，而故园的消逝，让过去的生活痕迹、生命印记荡然无存，失去了载体和依托，失去了那个场，只能从模糊的记忆中寻找。一代人有一代人的故园，一代人有一代人的故乡，一代人有一代人的记忆，一代人有一代人心灵的归属地。

故园再偏僻也是，老屋再简陋也是，生活再贫苦，也是。

故园从屋院长回庄稼地，令人伤感。细想起来，好多年前，这里或许就是一片庄稼地，现在不过还给了庄稼而已。时转世易，或许到了什么时候，有后代看中这片土地，又让它长出宅院，再在其上生活，未为不可。那时，新的生活，展开在这片土地之上，新的炊烟袅袅在这片蓝天之下，新的声音回荡在被油菜花香占据了多少年岁月的空气之中，油菜地之上印上许多新的脚印，而油菜下的脚印，已经沉落在土层深处。这就是重叠的生活，重叠的生长，一代代人，一代代庄稼，替代着覆盖上一代，重叠而生。

重叠而生，其实就是我们的宿命。在地球几十亿年的生命之中，有多少曾经主宰这个星球的生命，黯然陨落，被埋没在深深的地层之中。而多少生灵，又在它们曾经的生活场中奔腾，还以为自古如斯，自己是这里的主宰。而它们也不得不在最后的时刻告别，将曾经熟悉的世界腾出给下一代的饕餮者。待到人类驰骋地球，几百万年的时间，一代代人生活又去世，一代代人又在他们的生活场中继续生活。还有几处土地，未被前人踏过；还有几处洋湖，未被前人照影；还有几处高山，未被前人登上；还有几处土地，未有前人埋过。

重叠而生，抑或重叠而死。在离老家不远的一个叫石咀头的地方，一户人家扒了旧房盖新房。挖地基时，挖掘机一爪子下去，挖出一个墓葬，出土了几个青铜器，是周代的。在清理的时候，一角下陷，人们再挖，土层沉落，又出现一个墓葬，器物是商代的。周代的人，埋葬自己的亲人于此时，没有想到，他们相中的这块风水宝地下面躺着人。而这户人家的先辈安家于此时，没想到，这里躺着两层人。幸亏首次盖房时，没有动用机械，挖地基不深，没有发现。人在大地的表面，肤浅地过一生。然后，在地皮之下的某个并不深的地方，度过另一生。另一生有多长，人们不知道。自己的身下，还有没有别人生活的痕迹，也不知道。重叠而死，又重叠而生，死生叠重，生死重叠，在这个拥挤而喧闹的世界，我们就这样生存，这样死存。就此而言，悄然消逝的人，死后不留肉身痕迹于尘世的人，给后人留出了更多的空间。消逝也有消逝的价值，消逝也是一种美德。虽然在生死重叠中生活，但人们依然不必恐慌。在地球数十亿年的生命长河中，在地球人类几百万年的生存长河中，我们只掬起其中的一朵水花，绽放我们昙花一现的生命。水流自净。不停流淌的时光之水，让每一代人都有新的干净的生命依托，绽放属于自己的崭新的生命之花。

但是直观宇宙之大，生命虽微若蝼蚁，人们依然渴望留存一些往日的生活的纪念于这个世界，这是安抚心灵的需求。当往昔的生活转瞬即逝灭绝性迁移时，荒野之中，执拗的门，照亮了一个人的心野。我深深理解那个不愿将家门当最后一棵庄稼收割的人，理解那个让油菜长出院落的形状而不愿它埋没于荒野的人。荒野之门，是新旧生活之门，是消失与存在之门，此在与彼在之门，是有无之门，死生之门，也是一个人心中不朽的纪念碑。

在春天深处，进入荒野之门，一大片金黄色会呈现曾经的家的模样，点亮荒野，也点亮一个人孤寂的灵魂。

谷雨记

> 谷雨之日萍始生，
> 又五日鸣鸠拂其羽，
> 又五日戴胜降于桑。

雨水驱赶着蓬勃的绿色占领了这个村庄。这是润谷子的雨，是养麦子的雨；按古语说，也是仓颉造了字，让鬼神哭的雨①。仿佛上天将调色盘中的绿色像雨一样泼下来，山谷上下，沟沟坎坎，层层梯田，包括在漫长的冬天裸露的苍黄，被大片大片的绿色浸染，或浓或淡，像一幅巨大的油画，生气盎然，连草也长得好看了。

雨过天晴，阳光正好。

从家门前下了斜斜的小坡，是原先的麦场，现为一片菜地。四行洋芋，从塑料薄膜里挣出，约有半尺高，亭亭而立，叶子嫩黄嫩黄的，仿

---

① 《淮南子·本经训》："昔者仓颉作书，而天雨粟，鬼夜哭。"

佛能掐出水来。一行老葱，长长的株秆，直胀而起，像村妇浑圆的腿，尖上顶着白色的绒花球，在阳光与树阴勾勒的图案中明暗，根部曲折的叶片盘躯躺在土里歇脚。一片蒜苗地，叶片肥厚而墨绿的是洋蒜，茎秆细黄、叶片薄细的是土蒜。土蒜已生出蒜薹，一些蒜薹被人用针划破茎秆抽过，就叶子纷乱，卧在地里，让蒜苗地有些缭乱。

几个麦草垛，温顺地窝在菜田旁边。去岁未碾净的穗子还在。经过秋天的风、冬天的雪、春天的雨，灰干的秸秆一抓刺啦就断了。一些核桃树的条条花串落在草垛上，变黑，混在草垛的灰色里了。旁边的小径，草从人踩实的土路上呼啦啦冒出，密密麻麻，濡染一片又一片。小径往前延伸，两株小桑树，从一群蒿子中冒出头来，嫩黄的叶片，像婴儿的手掌，着实可爱。麦场站在身后时，麦田就站在眼前。从沟底的平地，大片大片正在扬花的青麦，绿穗子上沾着点点白色花粉，直蔓上坡上层层叠叠的梯田。四野皆为青麦的海，村庄就卧在这片海里。河道里，草木茂盛，一片清凉。脚步惊动了一条黑乌梢蛇，它抬头一瞄，从卧着的岩石上转头，哧溜溜，软软地，钻进草丛里去了。

人家住屋被大片的洋槐树、杨树、柿子树、竹子和一丛丛的草簇拥。洋槐树有些年头了，一棵棵拧身而起，像龙，苍黑的身子顶着一片绿色的叶冠，覆在灰瓦屋顶。一串串一簇簇白色的洋槐花和去岁未落的黑籽角角相伴，在枝头绽放。阳光照耀的那一面，亮晶晶的，温润如玉。村庄，在一片香气中，呼吸的气息中都有一种淡淡的甜味。山外有些人开车进来，在水库坝边、山坡上捋洋槐花。还有些人，进山去挦韭菜、蕨菜。这时节，也是苹果花繁盛的时候。村里的苹果园所剩无几。别处的人便开了蹦蹦车，到村里来招募妇女去果园疏花。我碰到姑姑，她说，一天能挣65元钱。

在山坡，在野地，在塄坎，在河边，野草们换上了绿色的衣裳，大大方方，清清亮亮，展示着自己。它们不被农人待见，不被人们重视，在村野的角角落落不怨不艾，顽强生存，润雨浸霜，轮转四季，度过一生。雍峪沟是人的，是牛羊的，是庄稼的，也是它们的，也是它们安身立命的所在。现在，大棚搞乱了季节，庄稼像居于庙堂的大臣，而野草更像山野化外之民，正是这些野草更自然地展现了这个村庄的春天。

放蜂人

　　小时每到春夏之交，雍峪沟的油菜花先黄了，洋槐花接着开了，各种杂花次第开放。河道、东坡、南坡上的洋槐林，绿叶间白花星星点点，苍黑的老树像白了头，整个山谷都飘荡着洋槐花的香味。或许是闻到了花香，放蜂的人就来了。

　　星期天，我一早醒来，发现门前树上有蜂飞舞。往南走，上坡路旁一个闲置的经常上锁的院落内有了生气，门是开的，可以瞅见院中草丛中一排排的蜂箱，蜂飞出飞进。

　　到了中午，小叔带村里一伙小孩进去拜访。太阳正红，蜂在阳光下狂舞，让人心怯；有些密密麻麻在蜂箱外蠕动，让人心怵。放蜂人正戴着头罩和皮手套在翻一个箱板，见我们进院，即过来卸掉头罩，热情地将我们迎进一间小房子。是个二十出头的瘦小伙，高鼻大眼窝，一口四川话，叫阿黄。四川话有意思，有腔有调，像唱一样，我们像听外语、听戏一样跟阿黄交谈，不断错位、纠正、对接，饶有兴致。半天时间我们就跟阿黄熟了，成了好朋友。

这天晌午，我看到桥头站了几个人，过去一看，一架梯子搭在一棵粗洋槐树上。洋槐树起杈的地方，隆起一个大疙瘩，全是蜂。蜂从院子往出飞，围着疙瘩狂飞乱舞，心思大乱，越聚越多。原来是一个蜂王领着一窝蜂"叛逃"了。梯子顶端站着的这个人，戴着帽子，四边垂着长长的帘子，在艰难地跟蜂"谈判"，是阿杜。在午后的大太阳下，他右手拿着一个吊了须子的袋子，须子上涂抹了蜂蜜，左手拿着一把白蒿。蜂王狂躁不安，众蜂情绪激动，阿黄的脊背都湿透了。经过一个多小时的"引诱"，蜂王终于钻进袋子，除了一小股蜂逃逸，其余蜂终于被他收服。他慢慢退下梯子，将蜂回归蜂箱。然后，取下帽子，大滴大滴的汗珠子，从脸膛上滴下，砸在地上。他撩起裤腿，一坨红肿，一只蜂隔着裤子蛰了他一下。原来，放蜂的人也被蜂蛰哩？他笑笑说，常事。看来养蜂也不简单。

到了周末，我们去找阿杜玩，先一起打扑克，然后晌午，混在一起吃他在炉子上炒的川菜。他说到川菜中的招牌"鱼香肉丝"，我说，铁湖有鱼，但我们不会钓鱼！阿杜一听钓鱼，两眼放光，说这好办。下午，他让我找来几根缝衣针，阿杜在炉上烧红，窝成鱼钩，又找来丝线穿上。我们去村北砍了几根竹子，几根简易鱼竿很快做成了。我们来到下河旁田地中的铁湖。铁湖是一眼泉衍出来的半亩大的湖塘，边有水草，夏天也能游泳。挖出蚯蚓做饵，甩钩沉水，执竿静候，这对我们是一种少有的乐趣。村里人很少吃鱼的，除了谁家过红白事，大厨开单买鱼来做菜。鱼儿是不会轻易上钩的，我执竿一阵就没了耐心，在旁边想一试身手的兄弟等得快不耐烦，马上交他去钓，我则跑到一边加入打扑克的队伍。阿杜则安心垂钓，一阵便有鱼儿上钩，甩出来，在草丛上蹦跳，是一拃长的小鱼。半下午，他钓了十来条，非常开心。晚上，他用油煎了小鱼，让我们吃，我们都摇头，这么小还有刺，吃起来颇烦。阿黄则笑吟吟的，吃得津津有味，桌上吐了一堆刺。

闲了，阿杜就到各家各户串门，大家觉得阿杜就是村里人。他跟我熟了，也常常到我家来看电视、聊天。阿杜家里有五口人，父母身体不好，弟弟和妹妹都上学，家里依靠他，他每月卖了蜂蜜往回寄钱。他一年四季，像牧人逐草一样随着花转场。去年，在翻越秦岭时，拉蜂的大卡车，在一个紧转弯处侧翻，损失了20多箱蜂，幸好人没大碍。人都说，养蜂的事业是甜蜜的事业，谁知道这样苦呢。爹妈都是热心肠的人，深知在外人不易，烙了韭菜饼，做了改样饭，都让我给阿杜端一份。他也拿自己的蜂蜜回赠大家，像走亲戚一样。我们闲了，就去阿杜那里玩，打扑克，继续去钓鱼，他教给我们技巧，我的生活由于这个四川小伙的到来增添了许多乐趣。

　　夏收完的时候，有一天傍晚，一辆大卡车停在了桥头。阿杜找我，递给我两瓶蜂蜜说，我要走了，把这给老人。我推辞，他不高兴了，硬塞给我。装车的人，把蜂箱一箱一箱往车上搬。我拿蜂蜜回家。妈加班烙了一沓油饼，给我说，让阿杜路上吃。在阿杜临走的时候，我送给了他，依依不舍告别。

　　门锁上了，那个院子又沉寂下来。我们一次次经过，趴着门缝往里看，空空荡荡。谁用土疙瘩在门上写了阿杜的名字，但阿杜不见。第二年，他没来。过去多年，不知他在外面怎样了。

　　这年，来的是一对三十出头的夫妻，将蜂箱零零散散摆在了庙南的树林畔，扎了一顶帆布帐篷，离大路也不远。在蜂把村庄的花熟悉了的时候，这对夫妻和村里的人也熟了，男的叫勉力，女的叫芙蓉。

　　一天，芙蓉找到家里来，见妈亲热地叫大姐，说她寻找一种金丝黄线，要绣一个帕巾。妈赶紧让座，倒水，给她找线。妈是村里绣花的高手，各种各样的线都有，各种各样的图案都会绣。两人就拉起话来，越说越投机。之后，芙蓉常拿绣活到家里来，和妈一起做。芙蓉擅长绣花，绣的荷花白中透红，亭亭玉立，像刚出水一样；绣的牡丹，鲜艳夺目，娇贵大气；绣的"岁寒四友"淡雅多姿，透着清气，有川绣的精致妍丽。妈则擅长人物、动物，绣的男孩，虎头虎脑，顽皮可爱；绣的小狗，摆头摇尾，聪明伶俐；绣的"五毒"，形象逼真，如同活物，有关中西府民间刺绣的质朴大气。两人相互赞叹，妈从芙蓉身上学习了好多技法，芙蓉从妈身上也学了好多手法。最后，芙蓉的荷花上坐了孩子，妈妈的小狗"咬"开了牡丹，村里的女人们见了个个赞叹，都想收藏。妈和芙蓉成了好姐妹。

陕西人爱吃面，妈擅长做面。芙蓉来，妈做年节、过事才吃的岐山臊子面招待她。妈和一疙瘩面，揉到醒好。然后，撑开擀杖擀面，妈俯身向案，前推后收，一来二去，云卷云舒，有一种韵律和美感。芙蓉说，你擀面像跳舞。面从厚墩儿，成了一张薄纸摊在案上，妈抖了两下，又劲又光。然后，横着擀杖，搭上刀子，一左一右，一右一左，劈面。一阵，一股股细面溜在案板上，抓起一抖，一把盘在案里。然后，妈切菜，当当当，红萝卜、蒜苗、木耳、黄花菜……一样一样切好，炒熟。前锅快煮的当儿，调后锅汤。妈从臊子钵钵里剜出一大块肉臊子滑倒后锅开水里，然后下红萝卜素臊子、辣椒、木耳、黄花菜、蒜苗漂菜等，最后抓一把盐扔进去，泼一小碗醋进去，搅匀，让锅突突突地煮。面熟，挑出一筷头，面如银须，卧在碗里，浇上红艳艳的臊子汤，吃起来，薄、劲、光、酸、辣、香！四川人吃川菜、火锅，主食米饭，不多吃面，但吃了妈做的臊子面，芙蓉觉得好，妈让端给勉力吃。后来，她跟着妈也学做臊子面，做得更麻辣，她很开心，说比担担面好吃。

芙蓉请妈去她那里，做火锅。火锅料是从四川带来的，一搭进去，红、辣、香。煮进粉条、木耳、萝卜、土豆、豆腐皮、各种青菜。料碗简单，特制的香油配葱花、韭花、香菜，妈妈和几个姐妹在芙蓉的帐篷里吃得香辣可口。就请教她做法。她特别讲了锅底和油碗的配置，并给了底料和香油。关中西府人，平时吃饭简单，早晚糁子、拌汤，加馍、馒头、辣子水水、小菜。主要的饭，在中午，是面条，菜只炒一点，就直接搭在面上了。不像四川人，每顿吃米饭，都要炒几个菜，都要有肉，吃火锅更不用说了。慢慢地，村里好多人家会做火锅了。村里人的饮食习惯因为四川放蜂人的到来而改变。

第二年，芙蓉和丈夫又来村里放蜂，还和众姐妹一起聊天，很快乐。但或许来沟里放蜂的人多了，花不够，以后他们再没有来。

四川人来村里放蜂，让村里人了解了蜂怎么养，知道了怎么做火锅、川菜、川绣，怎么钓鱼，也知道了外面世界好多有趣的事。崖底下组的广槐，近40岁，跟媳妇常年吵架，日子过得颇烦。一年，四川人老柳来放蜂，他拜师学艺。等老柳走时，他伐了自己的一片林子卖了，获得一笔款子，买了20多箱子蜂，跟着老柳放蜂去了，将儿子和媳妇留在家里。广槐一去多年，没有回来。儿子长大后，出门打工，将母亲带去外面，他家那个院落，从此就空了。村里人说，外地来的蜂王将雍峪沟一户人引走了。我想起那年从阿黄的蜂箱里飞到树上的一窝蜂。人长着腿，就像蜂长着翅，总要追逐花朵，追求有滋味的生活的。不同的是，有些蜂，守着一个地方，守着一片林子，经历四季，度过生命。有些，奔波四方，不断寻找新的适宜的地方，新的开花的林子，度过人生。各有各的幸福，各有各的累。不管广槐在外面闯荡得怎么样，他在村里那些想去外面生活的人的眼里，也是好的。

近十年来，村里的树木砍伐得愈来愈多，留下的愈来愈少，人们也不爱种油菜了。连续好多年，没有四川人来放蜂。那些子留的洋槐树开的花儿，就兀自开着，就像我在今年春天看到的。

在那些没有蜜蜂追逐的洋槐花上，我看到了寂寞。

第二辑　夏时

立夏记

> 立夏之日蝼蝈鸣，
> 又五日蚯蚓出，
> 又五日王瓜生。

才感觉到春天的暖意，就立夏了。从春节到立夏的这段日历上的春天，雍峪沟里，雪去雪又来，寒冷时缓时酷，风云变幻，人们大多时间，穿的还是冬天的衣裳，过的还是冬天的日子。气温升高，草木争荣，人真正感觉到春意，心里也亮堂了，就入夏了。仿佛只有两个季节，冬与夏，春与秋就像融入其间的过渡。

绿了，沟坡，塄坎。在西坡的塄坎上，一丛丛的酸枣树，小拇指蛋样的叶子，由黄变绿，显示玲珑之态。这些酸枣树啊，在无人的荒坡、沟坎，生发着春天，也把小枣果儿，红在秋天。少有人理睬它们，农民甚至讨厌它们，因为时不时就窜进地里来。风中雨中，冷中热中，酸枣树不管人们怎么待承它，依然绿叶、开花、长刺，一副谁也不怕的架势，顾自生长，与塄坎相伴日月。几株刺芥在小径边的草丛中长一尺高了，锯齿一样的叶子粘着白绒伸展，头上顶着几个绿球，一个早先开放，淡粉色的花，让刺芥变得温柔。构树伸展着缀满桃形叶片的绿枝，绿疙瘩小构桃，就悄悄地缀在叶柄处了。待过些时日，构桃熟了，一个个红灿灿，绒球状，煞是好看。贪吃的孩子，总想吃，但吃上一两枚，舌头就被蜇似的，我是着过这祸的。刺芥是中药材，构树和酸枣树一样，成不了材，结的果子也成不了水果，但在雍峪沟一年一年长着。据说，在遭遇饥荒的年代，人们也以酸枣果腹，剥了构树皮压烂做食物充饥。但我没有经历过。

  崖上，少人去的地方，那里有一片药树。药树抓住土崖生长出来，通体沉黑，枝干虬曲。小时，我们上到树上，抓住树枝当方向盘，后面坐几个人，玩开汽车。春天，树芽生长出来，据说能吃，我们就去掰下来，放到口里嚼，有一丝甜甜的味道。现在，叶子已经长大，在阳光下，黄灿灿的，吃不成了。药树不知道在这里长了多少年，只作为游戏和嫩芽的回忆存在。现在，村里的孩子少了，也不跟它玩了。周围就起了好多荒草。药树长了这么多年，年年抽芽长叶，却还是老样子，仿佛没有长高长粗多少。

  大片大片的野草，在河边葳蕤，绿莹莹的，像毯子。不知名的黄色、白色的花儿，静静绽放。苍白一冬的河道，由此变得绿意盎然。

  是春天和今日到来的夏天，让我再次注意到了雍峪沟这些籍籍无名的杂树野草。在坡上、崖畔、河边走的时候，看到这些野树野草，年龄渐长的我，感觉到这些长年无用的草木的亲切。至少这么多年，在我没有在家的时候，它们从干硬的黄土、沙石的缝隙中倔强生长，把守着这片坡坎、小路、河道，没有让水土流失，保留着我的记忆，并且让我看到生机在故土铺展蓬勃。它们才是雍峪沟最忠实的居民。

打井人

辘轳从井里摇上来一个人。布带从两腿腰间缠绑着将他吊着，泥鞋和皮裤连在一起。藤条安全帽下，一张脸被泥水染得模糊不清，两只似乎努力睁大的黑黝黝的眼睛，向外探视。

妹妹一见，在妈妈怀中"哇"地一声哭了。

老齐立在院中的一摊水中，笑了，露出被烟熏得黄黄的牙齿。

老齐是河南人，说一口河南话，有点黏，人有时听不清。不知什么时候，离了故乡，到陕西来讨生活，给人打井挖窑。打井挖窑，是重体力活，也是技术活，一般人干不了，老齐能干，而且干得好。

老齐给雍峪沟的第一口井是给我家打的。那时，也就是30多年前，我家刚从南面坡根搬到村北河边，盖起了两对面厦房，爹就想在家里打口井。每天走一大截子路去官井担水毕竟不方便。老齐走村串乡，恰在这时到了村里，爹就雇了他。井址选在南厦房山墙外，老齐挖到两米深的时候，爹用大石头架起一个辘轳。老齐将土剜起，装在一个袋子里，挂在绳钩上，爹用辘轳摇上来。井口不大，老齐蹲在里头用小镢头挖，用小铲子剜，土很硬，混着石子，每挖一点都不容易。渐渐深入后，里面缺氧气。妈又用塑料纸缝了个十几米长的筒筒，将厨房的风箱搬来，接在风嘴上，我坐在小凳子上拉风箱，原先扁平的塑料筒筒顿时圆鼓起来，将空气源源不断送到井下。打到近两丈的时候，土终于湿润起来。之前，土曾经湿过两回，但最后又变干了，老齐说那不是水层。土和水混在了一起，就成了泥水，换成了皮袋往上吊，吊时水还会滴答滴答落下去。我不知老齐这时在井里怎么度过，大概是满怀希望又最难受的时候，我只有狠劲拉风箱。那天他从井里出来，就把妹妹吓哭了，其实他最疼妹妹呢。泥挖过，沙层出现，抓紧往出排水，泥水倒了半院子。这时，老齐在底下喊，有塌方了。爹大吃一惊。老齐说，赶紧要将底壁箍了。于是，找了砖头一点一点运送下去，他把塌方止住了。终于，到这一天，将水淘尽，老齐顺着脚窝爬上来，说："成了！"那天，妈专门备了肉和豆腐，做了一顿臊子面，爹陪他喝了两瓶西凤酒，庆祝新井打成。

给我家的第一口井打成功之后，老齐在村里有了口碑，这家那家都叫他去打井。但老齐和我家最熟，最亲。他的工具、家当全放在我家，有空闲就过来和爹说话。家里在挖井之后，又打窑。老齐在崖上挖出一个轮廓，爹则下工夫往里面打，老齐得空过来指点。两个月后，最后的工程是老齐完成的。他朝手心吐口唾沫，然后抡起洋镐，挖一下"嗨"一声，挖一下"嗨"一声，沙土飞溅，落到他的草帽和坎肩上，他不管不顾。头顶够不着，就支起一个简易桌台，他站在上面，甩开膀子挖。在沙土烟雾中，他把挖瘪的粗囵囫窑修圆，又挖了一个拐窑，最后进行了粉刷，窑洞挖成了。家里将厨房挪进了窑洞，又在拐窑里盘了连锅炕，冬暖夏凉，美美的。

清粼粼的井水打上来，炊烟自崭新的窑洞袅袅而出，生活在新院落开始了。这其中，老齐的帮助不小呢。老齐给人打井挖窑洞生活，自己却是背井离乡。这个背井离乡来到陕西的人，让一口口井在这个村庄的院落开口说话,村里的一口口水井、一口口窑洞都洒下了老齐的汗水。老齐对村里人好,村里人待老齐亲,久了,老齐就不愿意回老家去了。

有人为单身的老齐和山梁那边的一个女人牵线,女方让老齐上门,双方都愿意。怎样"嫁"过去呢?老齐没有回到河南老家和亲戚朋友商量,到村里来了。村里专门开会商量这事。爹说,咱就是老齐的家人,上门女婿难当,要把这事办得体体面面、排排场场,不能让对方村里人将咱老齐小看了、低看了,老齐以后还要在那村里活人呢。过事那天,老齐是从村里出门的,村里每家每户的男人都来送老齐,而且每个人都带来了礼物做"添箱"。那天,阳光洒在坡上,送亲的队伍沿着曲曲折折的小路往山梁上攀,绵延有一里长,很是壮观。领头的老人手里提着提盒,小伙子抬着箱子,上面装着崭新的衣被,爹和村里的男人们有的手里提着电壶,有的手里拿着镜子,有的提着茶壶,有的手里拿着成衣,都是给老齐的"添箱"。婚礼盛大。老齐从此将户口也迁来,在山梁那边过起了日子。他终于在陕西的一个山村里有了自己的一口井。

老齐还时常来家里,爹有空也去看他。老齐是能下大苦的人,家里的日子过得有滋有味,和村里人的关系也很融洽。

这一年夏天,遇到了多年未有的干旱,水位降低,井里每回只能打出多半桶水。过了几天,多半桶水都打不出来了。爹决定淘井。井三两年要淘一回,都是找老齐。但这次,他回河南处理老宅被村里占用的事情去了。我个头小,身子瘦,又胆大,爹将淘井的任务交给了我。我模仿老齐,在腰间缠了个宽布带,将井绳挂在上面,踩着脚窝一步步下。脚窝是老齐10年前打井时留下的,在两边,潮潮的,但能搁住脚,步幅也刚合适。这是老齐叔给自己留的路,留得很精心。外面很热,井里却凉,再往下,觉得瘆。井有两丈深,我一阵就下到了底。亮晃晃的水,像个盖子,也像面镜子,踩下去,会不会掉到井下的另一口井里?据老人说村里的每一口井都通往东海,我这一脚下去,会不会像孙悟空一样掉到东海龙宫里去?我胡思乱想着,一脚踩下去,溅起一朵水花,脚下黏黏的，有泥。我抬起头往上望，只见月亮一样的遥远的一个小口，心里一阵慌。我下到水里后，发现井壁掉的一些土，淤积了沙层中的水眼，就开始除泥。井口径很小，仅容转身，蹲下干活时膝盖和脊背不时蹭到泥壁。我将挖出的泥沙装在皮袋里让父亲拽上去。每到这时候，我心里就很紧张，怕绳子断了或父亲失手，这袋泥掉下来就砸我头上了，躲都没处躲。老齐长年累月给人打井，在井下，他是不是也有这样的担心呢？打井出事故的还少吗？将淤泥清理干净，又将井往深里挖了挖，我感觉到水从脚下簌簌冒，一阵就积到大腿。虽然井里有水，不担心缺氧，但爹还是不敢让我久待。我踩着脚窝，一步一步朝头顶的月亮攀去，攀几步，缓一缓气，怕失足掉下去。最后，头终于探出了井口，我双臂撑起身体，拧身坐在了井口一边，院内白灿灿的阳光耀着眼，我仿佛进入了另一个世界。我坐在凳子上歇息，父亲将井里的浑水一桶桶摇上来泼掉。下了一回井，我才真正体会到打井人工作的不易，老齐叔打了那么多口井呢。

时光慢慢过去，村里人吃水也慢慢发生变化。村里先引山泉给各家各户压了自来水，水接进了厨房，不用每天到井里打水了。但是，干旱时泉水也会减少，接一桶也费时间；加上上面组里不自觉的人还放自来水浇菜地，水不时中断，水井这时就派上了用场，可以应急。后来，村上打了机井，自来水再不断线，也开始收水费了，井就闲下了，有些人家也把井填埋了。

老齐在另一个村里过着一个农民的光景，时有来往。但最近几年，不见了他的身影。我问爹，爹说，老齐也老了。前年夏收，他一个人从地里吆牛拉麦，走到半路，牛受惊，车子从崖上掉下去，把他的腰和腿摔坏了，现在只能坐着轮椅活动。爹去山梁那边看他，他坐在轮椅里晒暖暖呢。

我脑海里还一直是他年轻时的形象。那天，爹把他从井里摇上来之后，他把安全帽往房檐台一扔，把泥衣欻欻一脱，像一个英雄从战场归来解铠甲一样。他从脸盆里哗哗扬水洗脸，然后站起来用毛巾擦自己的胳臂，那古铜色的胳臂一疙瘩一疙瘩的肌肉，像拳击手的臂膀一样有力……

小满记

　　小满之日苦菜秀，
　　又五日靡草死，
　　又五日麦秋至。

　　天上多云，时明朗，时阴暗。云的影子投到山坡上，一坨一坨的洋槐林子，枝叶嫩绿、葱茏。投到田地里，层层叠叠，从坡上到沟底，密密匝匝的麦子，挺身舒叶。到了灌浆的时候，一颗颗长长的麦穗子，像小姑娘的胸脯慢慢发育，一天比一天鼓胀饱满。穗子上的芒刺，像美女眼眸上梳展的长长的睫毛，又似指尖上长长的假指甲尾尖，将日光织成帘子，为麦子梳理着风和风中的虫子。剥开一粒麦子的连着芒刺的麦衣，一掐麦肉，白色的汁液，就像乳汁流溢。河道里、山坡上、田地里，绿色使这个村庄明亮。

　　小麦正在走向饱满和成熟的路上，村庄的人们似乎已经闻到了麦黄的气息。要在10多年前，人们已经拔掉油菜、大蒜，开始平整修整场面。有些男人到集市上去购买木锨、铁杈、扫帚，有些从楼上取下镰刀、刮板等，该磨磨，该修修。主妇则着手修补装麦子的蛇皮袋子，给破损的地方打上补丁，给口口上系上绑扎的绳子。这些都是叼空干的。但现在，有了收割机、打麦机，人们再不这样费心备忙了。

小满第二天，云慢慢笼罩了远处的石榴山，天慢慢阴凉下来。到了晚上，一场多年未见的大风突然席卷而来，摇树撼枝。那风，像疯马踏过麦田，一阵匍匐推进，一阵又盘旋而起，麦田像海浪涌起又缓落，落下又被掀起。随之而来的大雨，劈头盖脸，砸向了一棵棵麦子。雨水增加了麦子的体重，风又摇撼了它的根，第二天，像洪水漫过一样，一坨坨的麦子就倒伏了，像人头上的乱发。去冬干旱，但今春雨水充裕，人们想着这是一个风调雨顺的年头，谁知道这场大风，乱了小麦成熟的步伐，也乱了人们的心神。

但五月，还有一个值得庆祝的节日让人们期盼——端午节。还有八九天哩，老人们已经用彩色线绳给孩子们编花花绳、绣香包。香包绣扎五毒，有蛇、蝎子等令人恐怖的图案。主妇们操心的还有粽子，那是必备的。本地没有苇叶，粽子要端午跟前到集市上买，或者从开着蹦蹦车走乡串村的货郎跟前买。五月艾飘香。门前当然要别上的。不急，这个村庄也。人家周围，麦田塄坎、河边渠道边，常常一簇一簇，有气味。小时，我把它当草给牛割回去，牛一闻，鼻孔里哼哧两声，就把头歪到一边，直摇缰绳，理都不理。谁知道，到了端午，艾蒿也这么珍贵，插上了门环，架上了窗棂，还有人到城里去卖。

五月，是毒月。五毒香包以毒攻毒，气味浓郁的艾叶可以熏毒，而粽子则把甜蜜留在心间，还有将黄的杏儿带给人喜悦呢。

艾生于野

　　小河从洋槐林中穿过，一棵树倒在了河上，成了独木桥。过了桥，是一片草地，草莽莽郁郁，快及膝部，散发着一种香味。妻一见，惊喜地问："这是艾吗？"我仔细一看，茎笔直，叶面青背白，边缘有尖，是艾。

　　艾在老家是常见的一种草。一到春天，渠边、塄坎、河边、坡上、树林、住屋周围随处可见。村里人称"艾蒿"，我长大些才分清青蒿、白蒿、艾蒿。小时，家里看着牛，我放学归来，要背着小背篓去给牛割草。渠边艾青青的，绿绿的，长得真好，但割回来，牛闻都不闻，混到其他草里，牛也不吃。或许是气味大吧。我也觉得那气味有些难闻。连牛都不吃，真是草中最无用的草了。估计村里的人也很厌烦它的。唯一有用的时候，是到五月端午时，爹去坡上割草，顺便割两把艾回来，在门上、窗上别了，一种略微涩苦的气味便在屋子里外淡淡飘荡。妈说，这是老风俗了，据说来辟邪、防病。相比于荷包、蜂蜜粽子，艾叶在五月端午这个节日里，是最不起眼的点缀，也让无用的艾派上一点点用场，在农民的生活里露个脸。

后来，我和妻子进了城。到五月端午，妻子就按传统，想在家里门窗别艾。可是，到哪里找呢？这高楼林立的城市，街道边栽了许多白皮松、雪松、法国梧桐等景观树，草坪里栽了好多开花不开花的景观草，就是河边也栽上了芦苇，都收拾得清清爽爽，哪有野地给艾长。听说市郊山坡上有，但谁还专门为一把艾蒿费这事呢。幸好，街道上有农村老头老太太卖艾。又细又弱，扎成小小的一束，一束1元钱。妻子就买几束回来，在大门旁立了几根，在几个房间的窗户上也靠了几枝，算是有端午节的氛围了。"没想到，艾蒿也能卖钱，这么几根两块钱。"我对妻子说，"老家到处是，牛都不吃。"妻子年年听这话，说："那你去割去，割来卖。"我再不语。买艾，其实也在可怜那些老人们。从另一方面说，乡下的草进了城，那也是进城市务工的草，也该有身价的。花卉市场的花花草草，多值钱呢。尤其是那些多肉植物，又难看，又贵。

前年端午节，我回到了老家。发现院子里、房檐台上、窗台上全晒着艾叶。有些还绿着，有些已经发白，打了卷。一大捆艾堆在院中，妈左手拿起艾，戴手套的右手利索地往下捋叶子。叶子在她跟前落了一大堆，只余下艾尖尖上又小又柔韧的叶子。父亲面前放了一个木墩，他左手抓过母亲捋净的秆秆搁在木墩上，右手扬起弯刀剁下，再将秆秆放在旁边，叶头也投到旁边叶堆里。两人旁边，艾秆秆堆了一堆，艾叶也堆了一大堆。一问，父亲才告诉我，有人到村里来收艾，一斤2.5元钱。留守乡村的人，缺少来钱的门路，听说艾能换钱，都很高兴，行动起来。先割门前屋后的，渠边河边的，再割崖头地塄的，用架子车拉，用背篓背，用担担。背篓和担这些工具，这些年割麦收麦都不用，闲置了许久，现在用上了。"艾，五月割的质量最好。"爹说，他已经卖了五六百元了。言语间有着自豪，反正闲着也是闲着，就当锻炼散心哩。

第二天上午，我要陪父亲去割艾，父亲先是婉拒，见我下了决心，就允了。我们攀上往南山去的一道山岭,继续往南走。因为近处的艾,全被村里人割了,割艾走得越来越远。在艾不值钱的时候,好多年,人们觉得艾到处都是,冷不丁还长到田地里去,又挡道又烦。一旦能换钱,人就爱上了艾,几天时间,艾就在人们的身边不好找了。五月,地里的小麦已经长得又高又旺,山野勃发着草木的清香。我和爹,沿着山梁的脊线,走啊走,走了四五里路,一直走到一个废弃的村庄背后的一个山坳里。我来这儿割过柴,这里的艾,没人知道,父亲说。我顺着父亲指的方向,果然看到,坡塄上密密麻麻全是艾。爹一把豁住一抱艾,挥出柴镰,搂回来,噜噜噜噜,根茎截断的声音传入耳内。成熟的艾蒿的茎秆像柴棍,比小麦要硬强,只能用厚重的柴镰割。割了一抱,扔在铺开的绳子上,爹又往前割。我学着爹的样子开割,但多年未劳作,只能拿着镰,来回"锯",使劲拽。这一片地方并不大。割到最后,爹留了一块给我,朝一个塄坎攀去。这个塄坎有一人多高,有点坡度,艾蒿长得密密麻麻。爹攀到塄坎上面,俯身割起来,一次只能割一小把。我仰头看,老担心父亲跌下来,劝他下来。他抹抹脸上的汗水,说:"没事没事,我都从秦岭梁上割竹子挈椽哩,这算啥!"我看着父亲,像用镰刀剃须一样,把这一段塄坎剃过去。几根向下耷拉着,够不着,爹又下来,挥镰割下。爹给自己捆了两大捆,给我扎了两小捆,把担扎好。抽了一阵烟后,爹起身,先提起小担子压在我肩头,再抓举起大担子,像举重运动员一样换到自己肩头,一路生风走起来。小小的艾担子,在肩头越来越沉,直往肉里头勒,像直接搁到了骨头上,我满头虚汗。爹的后背也湿透了,但走路依然那么有力。走啊走,终于硬撑到六组人家跟前。有个人刚好要开着三轮车去河里拉石子,就借了个方便,帮我们把两担艾拉下去……爹后来告诉我,那两担艾卖了86元钱。

艾到底有啥作用?村医和老人们常常说起艾能灸病,但有人灸过之后留下疤痕,很难看。我对艾来了兴趣。"艾叶生则微苦太辛,熟则微辛太苦，生温熟热，纯阳也。可以取太阳真火，可以回垂绝元阳。服之则走三阴，而逐一切寒湿，转肃杀之气为融和。灸之则透百经，而治百种病邪，起沉疴之人为康泰。"李时珍在《本草纲目》里说，他赞叹"其功亦大矣"！这是一个学者少有的情绪化的语言，是很高的评价了，堪比人参。这是我多年所不知道的。"艾叶本草不著土产，但云生田野。"李时珍说。可见自古以来，艾就非常常见，到处可产。古人留下好多用艾治病的记述。《荆楚岁时记》云："五月五日鸡未鸣时，采艾似人形者揽而取之，收以灸病甚验。是日采艾为人形，悬于户上，可禳毒气。"艾功用大，但"人形"之说，是人为渲染的神异色彩。但也有可能是真的，《本草纲目》记载："相传他处艾灸酒坛不能透，蕲艾一灸则直透彻"，可见蕲州的艾穿透力大。

  艾让我刮目相看，是去年给岳母看病的时候。岳母膝盖有风湿，还有其他疾病，在市中医医院，专家开了艾灸之方，说艾药房就可买。我们跑到医药大厦，买了灸疗器械后，服务员打开一个红木盒子，只见一把细棍棍栽得整整齐齐，躺在黄绸子里。"这是艾条。"女服务员说。我仔细一看，就是家乡的那种艾条么，生在坡坎、沟渠、路边的艾，我和父亲用担担回来的艾，这回它们躺在绸缎包裹的礼盒里。一问，一盒100元。我想，如果老家村里那些角角落落的艾全躺在礼盒里，那要多少礼盒呀。

  我们买回给岳母用，岳母说这么贵，用完之后，坚决不让再买。我回老家，将老家晒下未卖的几把艾条拿来，给岳母用。岳母用了感觉浑身轻松，也没有疤痕，古人发明的艾灸，真是神奇。

  就在我回老家拿艾条的时候，发现爹的右脚红肿，走路也不敢踩实。妈这才告诉我，一直瞒着没给我说。一次雨后，爹又去山里割艾，踩在小路边的草上，滑倒，把脚崴了，幸亏手快，将挑子扔到了崖下。父亲去拍了片子，买了药，在家休养。这年春夏，他和母亲赚了2000元。我不知道这 2000 元，要割多少根艾才能赚来。在乡村，赚一点点钱，都是不容易的。就在那段时间，大姨过世，爹又去葬礼上帮忙，脚还肿着。看到他的身影，我想起他担着艾疾行的背影……

"艾叶生则微苦太辛，熟则微辛太苦"，我反复回味着李时珍的话。艾叶在家乡的渠边、塄坎、河边、坡上、树林、住屋周围随处而生，家乡农民的生活里飘着艾的味道，这味道是"辛"和"苦"的味道，没有甘和甜呀。辛苦就是农民的命运。艾的一生和农民的一生一样摆脱不了辛苦。家乡的每一个人，活久了，都活成了一株艾。我为我的发现感到忧伤。我想到父母，想到村里伙伴，还有我自己，我们的身上我们的命里，都飘着艾的味道。

今年春夏之交，我和妻子、孩子顺着雍峪沟转到山里。在人家旁边，在河边的树林里又发现了艾。在家乡的山野，春风吹又生，艾是不绝的。父亲的脚好了，又能走山挦韭菜、蕨菜了，我的曾经忧伤的心，也随着阳光慢慢舒朗了。

杏儿黄

五月，田野麦青，塄坎艾绿，门前杏黄。

杏树有一搂粗，枝叶在三米高处起杈，分成两股壮枝，虬龙一样，扭曲向天。枝叶间，一疙瘩一疙瘩是或青或黄的杏儿。已经瞅识杏树很久了，馋虫儿在兰丫儿心上爬上爬下。娘去世早，10岁的她是独女，跟爹生活。杏儿黄了，掉下地就摔坏了，摔坏了就吃不成了。别的娃娃也会偷着摘的。吃晚饭的当儿，兰丫儿对爹说。爹明白她的心思，说你去卸杏儿吧，小心哦。兰丫儿就等这句话，晚饭吃得特别香，晚上梦做得特别甜。

第二天，太阳爬上树梢，叶子上的露水儿渐渐褪去。到了半上午，她给鋬笼系上绳子，绳子另一端系在腰带上。在杏树几步开外，她快速起跑，像一只红色的麋鹿，飞一般冲向杏树。到树跟前，光脚轻轻一点，"噌"地上了树，双手搂树，双脚移换，几下攀到起杈处。蹲在树杈上缓口气，她揪住细枝条，往东面的这股壮枝慢慢上爬，爬了五六步，这股壮枝又起了三个枝杈，有老碗口粗。她在分杈处停下，伸手将腰上的绳头取下，绑扎在树枝上，然后将鍪笼提上来，坐稳。她抓着树枝慢慢移动，伸手掯枝叶间一疙瘩一疙瘩的杏儿，这一枝的摘完，再找另一枝，这样变换着身位。半晌，就摘了大半鍪笼。也不敢摘满，摘满了自己提不动。枝尖尖柔软，树枝嫩脆，危险，她遵记爹的教诲，将它们留在枝条上。没有人给她帮忙，她在树上大声呼唤邻家的小伙伴："玲子，拿杏儿——"玲子最乐意帮这忙了。鍪笼从树上慢慢吊下来，玲子接住，又换一个鍪笼系好。兰丫儿再拽上去摘，玲子在树下已经拣鍪笼里最黄的杏儿吃开了，洗都不洗。第二笼吊下来之后，绳子扔下树，兰丫儿抱着树哧溜溜下来了。余下的杏儿，后来爹将苇席铺在地上，又把被子铺在席上，又铺了一层旧单子，然后用钩搭钩枝震荡，熟杏儿纷纷坠落。卸了杏儿，给街坊邻居挨个儿送去让尝鲜，小伙伴们眼馋日久，见了杏儿可高兴了。那时粮食紧张，常常缺吃的。爹和兰丫儿将杏肉晒干制成杏干，慢慢吃。杏仁儿是药，烤干碾成面面，掺和到面里，当粮食吃，这棵杏树，于家里人有恩。

  屋檐下，爹还养了两窝土蜂。夏收的这天晌午，爹还在生产队的地里忙活。一只蜂王从屋檐下的蜂巢内带了一帮子蜂飞到了杏树上，在一个枝杈处嗡嗡嗡嗡飞舞，最后团结成疙瘩。街上的娃娃一看，惊恐。兰丫儿一见，知道蜂到了分蜂之时。指靠不住别人。她端来梯子，靠在杏树上。寻来一顶草帽，往里面滴了几滴蜂蜜，然后从门口地边掯来一把白蒿，攀上杏树。左手高拿草帽，右手低拿白蒿，刚才狂躁不安的蜂王此时竟然温顺地飞进草帽，其余的蜂乖乖地跟着进去，卧在了帽子里。兰丫儿扔了白蒿，轻轻地托着草帽儿下来，提着草帽系系回了家，把这窝蜂引进另一个蜂巢，家里又多了一窝蜂。蜂常常从家里飞出，飞到树上，飞到田野。田野有野花，白的、黄的，和蜜蜂共舞。别的孩子见了蜂怕，兰丫儿不怕。奇怪的是，蜂出出进进，围着兰丫儿飞来飞去，有时在头发上落一脚，有时在肩头落一脚，却从没蜇过兰丫儿。兰丫儿觉得蜂乖，蜂觉得兰丫儿好。割蜂蜜时，将蜂引出，拿蜂巢在锅里加热，蜂蜜流下来了，但是有些躲在罅隙里不出来的蜂儿就烧死了。兰丫儿看着心疼。日子过得贫苦，窝窝头难以下咽，家里有蜂蜜，兰丫儿尝到了生活的甜味。

五月，田野麦青，塄坎艾绿，杏树不见。

20岁，兰丫儿正在村医疗站学当赤脚医生。爹只有这么一个女儿，不愿嫁出去，给兰丫儿招了个上门女婿，兰丫儿从此回到家里做饭。上门女婿是邻村一户没落地主的儿子，兄弟多，后母寡情。上了门，女婿勤快肯干，却拙于语言，兰丫儿为此生闷气无数。蜂在屋檐下，出出进进，进进出出。新女婿进门不久，就被蜂蜇了，眼皮肿得像杏儿，兰丫儿看着心疼，又想笑。没想到这蜂也有下马威，欺生的蜂儿可不是好蜂哦。

原先的院子内，爹和叔伯兄弟几户人家住着，因女婿的言语不慎，常生口角。爹大仁大量，主持分屋，将一排不太好的土厦房给自家留下。因为一家兄弟要盖房，腰粗的杏树就被砍伐，兰丫儿为这伤心许久。

日子一日一日过下来，20多年过去，几个孩子渐渐长大。爹到了75岁，身体日渐衰弱，最后下不了炕了。兰丫儿照护父亲，为父做饭，为父擦身，为父接屎倒尿。孩子们在学校学习。

这年麦黄时节，一天午后，兰丫儿发现，房檐底下的两巢蜂突然不辞而别，蜂箱空空如也。爹养了一辈子蜂，蜂在这个院子守了一辈子。现在，走了。家里变得空落、单调、寂寞。爹听说蜂走了，内心惆怅，说："我也该走了。"不久，父亲撒手人寰。

爹忌辰刚过三周年，这年八月的一个中午，兰丫儿在屋内的缝纫机上缝衣服，忽然听见院内嗡嗡嗡嗡，掀开门帘一看，一窝蜂团结在院内的梧桐树枝上，有些还在院内飞来飞去，蜂又回来了！兰丫儿心中欢喜。

但她没有收这窝蜂。转眼就到秋天，四野花少，养不活这窝蜂的。蜂又飞走了。

孩子们陆陆续续大学毕业，村上居民许多人搬走，兰丫儿舍不得老宅，在老宅基地上盖起楼房。在新宅院里栽下一棵杏树，还有花花草草。这年四月，油菜花开的时节，蜂又来了。兰丫儿这才将这窝蜂收留，养起来。

蜜蜂又在家里出出进进，小杏树慢慢长大。

五月，田野麦青，塄坎艾绿，院内杏黄。

60多岁的兰丫儿，膝盖骨质增生又风湿，行走艰难。白天和晚上，杏儿不时掉落，吃又吃不退。她给大女儿和女婿打电话，让回家来。打电话的时候，大女儿、女婿、外孙女正在来家的路上。每年三夏前，他们都要回来犒劳慰问的。卸杏儿成了今儿的大事也是乐事。

老汉从内屋找来彩条布，兰丫儿、大女儿、女婿、外孙女各执一角，将彩条布拽开。老汉从二楼找来一个尖尖带弯钩的长竹竿，站在二楼钩住一个小树枝摇动，几颗杏儿吧吧掉下，滚动在彩条布上。"笨的，站那么高，下来钩大树股！"兰丫儿说。外孙女惊讶地听见姥姥很罕见地对姥爷"动粗"。姥爷听话地下来，姥姥指挥他钩这钩那，挪移位置，不时呵斥，"连这都干不来，我小时都上树摘杏儿哩！"眼里有光，话里有火，但有一种活力在洋溢，人难得精神，平时话都不多说的。外孙女听说姥姥当年也是一个冲上树摘杏儿、收蜂的"疯丫头"，咯咯咯笑起来。女儿问："你笑啥。"外孙女说："姥姥也会上树。"姥姥也是由小女孩长大的，外孙女到今儿才意识到这一点。

一阵子，兰丫儿腿疼，只能坐在旁边凳子上歇息。

外孙女站在碗口粗的杏树跟前，摩挲着树皮问："姥姥，你当时是怎么爬上去的？"

芒种记

> 芒种之日螳螂生，
> 又五日鵙始鸣，
> 又五日反舌无声。

院里的几株黄瓜，坐了黄艳艳的花儿，缀出几根嫩森森的黄瓜儿。门前的西红柿苗，长得有一尺多高了，还在往上窜。几株架豆王，从地里生出一簇绿叶，那细弱嫩黄的蔓儿，却心急地顾自向上攀去，绕杆几匝后，在半腰眺望。河边柿子树，生出小拇指头蛋蛋大小的戴帽柿子。核桃树上的绿核桃已经长成，一嘟噜一嘟噜，从绿叶中亮出身影。河道杨树、洋槐树、梧桐，密密地浓成阴凉。

远远望去，坡上，河道，麦子已经黄了。踩着草径，来到下河，只见大片大片的麦子已经泛黄。黄了的麦子，杆子和穗子已经黄澄澄的，半黄半绿的叶子也掩盖不住那黄色的荡漾。一坨一坨倒伏的，却还绿着。这是上次的大风雨造成的后果。

端午节过后，悬在天上的太阳越来越烧，草木峥嵘的雍峪沟，空气中弥漫着一种燥热。热燥的气息往人的眼睛、耳朵、鼻孔里钻，心也在腹中躁动，这里的人吸一口，就知道了时分——麦子黄了，夏收来了，庄稼人的一场大战要开始了！此时，小孩子们过了儿童节，大孩子们在山外的学校准备着中考、高考，这是孤独的改变命运之战，村里的人们却顾不上孩子的事。坡上的麦子早早黄了，一家一家，拿着镰刀，拉着架子车，爬上坡，先收割坡地的小麦。坡上的小麦站得高，最得阳光的眷顾，每年它熟得最早。它没有平地的麦稠密、厚实，穗子也不大，但干净，颗粒也饱满。坡地的麦子，用不上机械，还得人用镰刀来割。太阳照在地里，地里蒸腾着热气，麦秆子越来越干脆。人弯着腰，让阳光打在背上，一镰挥出去，揽回来一抱子麦子，再扔在搭好的腰上，一堆了再一捆。一阵儿，衣背就湿了。割上一亩地、半亩地，就拉回来，簇拥在住屋周围的平地上、房檐台上。

平地的麦子，这两年，也渐渐有用小型收割机割的了。这天，辉子叫了一台收割机来到村里，割河边地头的麦子。父亲一看，说："我家的连着，割完后，干脆把我家的也一割算啦！"这一片地里，有一个慢坡，是沙子的，不好。当年队里分地，父亲抓阄抓到的地是旁边的，但有一家妇女想要这片地，好和她家另一片地相连，父亲就让了出来，种了这片含着不肥沃的沙地的麦田。因为是沙地，所以这片麦子先黄了。收割机，"突突突突"，连着割了几户的麦子。

是夜，一场猝不及防的大雨，袭击了这个村庄。一沟两坡的小麦，眼看就要收割，被一场豪雨浇了个透，倒伏的小麦，倒伏得更厉害了，许多麦子就芽了。好多年，我们受沙地的苦，但这一次，沙地又让小麦躲过了一场把自己芽在地里的大雨。这就是老天在变化莫测中的公平安排。

雨停了，太阳照亮了湿淋淋的麦田里小麦的尖尖的芒刺，也照亮了"芒种"这个日子。

麦子回家

在许多年之后，我才能从容地说一说六月的事，说说夏收，说说一沟两坡的麦子，在镰刀的光影风声之后，在暑热、汗臭、乏困里，回到家里来。

芒种时节，是麦子回家的时候。漫坡遍地的金黄色的麦子，在父亲、母亲和乡亲们召唤的目光里，收拾行装，准备回家。

父亲去年秋天扔在下河、坡上的麦种，萌芽、抽叶、泛青，经历秋霜、冬雪、春风、夏雨，长高着个头，繁衍了家族，走着回家的路。

我不知道，经过200多个日日夜夜，它们还记不记得家门。

父亲新修了头门，它们会不会不认识，走到别人家里去？

它们会不会，再次将自己藏在地里，把之后的夏秋当成自己的亲人，从地里发芽，跟着玉米成长，最终在某个素不相识的时节走投无路。

我曾经坐在小学校的教室里，透过窗户，看着山坡上的麦田，胡思乱想过。

现在，麦子们拖儿带女，走在回家的路上。

山梁上，土地贫瘠，路细如绳。这里的小麦最受风和太阳的欺凌，高不及膝，穗子细小。父亲用镰一小撮一小撮割拾起，用背篓背它们回家，有些装在篓腔，有些横在篓顶用绳子捆扎得高高的像小山一样。这些矮小的麦子们趴在父亲的背上，听着沉重的脚步，沿着蜿蜒的山路回来。我站在家门前，看到一个黑点，从山梁顶下来，却看不清脸。就在那条路上，前一天黄昏，我抱了两捆麦下坡，半路说歇歇，一坐到麦捆子上，竟然睡着了，太累。

西坡地里的麦子，秆高穗实。父亲早上六点就赶去割，到八点割完，一捆一捆立在地里。父亲提来十几捆麦子，分成两堆，分别用绳子捆扎了。他用担尖扎了一捆，挑起扛在右肩，然后用另一头担尖扎进另一捆，挑起平搁在肩上。父亲用肩扛起挑担，走在陡峭的坡路，步履沉重，担子深深地往肉里扣。小麦们荡在父亲的肩膀两端，晃呀晃享受跷跷板一样的欢乐。坡上的麦子就是这样一担一担担回来。

河边平地的麦，长势旺，黄得迟。割下后，逢雨，将一小捆一小捆的麦子压成"柿花"小摞。待太阳出来，又拆开，重新栽在地里晒。午后，太阳最热的时候，父亲和我拉架子车进地，将一个个麦捆整齐地码在车厢内，一个压着一个，直到长成一个山包，然后用长绳捆扎，绳头别死在辕上。地是虚的，父亲将车绳搭在左肩，弓身狠命向前拉车，我在后面使劲推，麦车咯吱咯吱，缓慢向前。麦子们躺在车上，沉实无语。爹闷头拉车，车绳勒进肉里，走过长路，拉上斜坡，汗水早已浸湿衣背。

一回一回。小麦回家的路，在父亲的肩上、背上。小麦们顺着父亲的肩背和汗水，回来。

小麦们跟着父亲还只是回到了场里。回到包里，小麦才算真正地到了家。从场里到包里，还有一段短暂而漫长的路。

听到天气预报有雨，父亲带我们将场里的麦子，一捆一捆整整齐齐摞成方方正正的大摞子。暴雨袭来时，又用塑料纸苫了，再用木棒压住。

哪知，雨水一下几天，等天放晴之时，一些麦已经出芽。这些麦子，没有芽在地里，芽在了场里！心疼。

等太阳出来，父亲将麦摞掀开，一家人将麦捆子立在场面，再晒。下午，场干了，赶紧摊场。将一个个麦捆解开，摊开在场面上。晒一阵，然后叫来拖拉机拉碌碡进场一圈一圈碾，早年还是牛拉碌碡。碾完一遍，赶紧进场，用杈挑起，将麦秆翻个个儿，再碾第二场。这是太阳最毒辣的时侯，人被烤得晕乎乎的。顾不上吃饭，顾不上喝水。二遍碾场，父亲带头冲进麦场，起场，将麦草挑起，堆成堆子，又摞到场根。然后将麦子麦衣推到场边，堆成大堆子。父亲这才回到家，浑身已经湿透，身上沾着麦衣，麦芒划破手臂也不觉察。往巷道的席子上扑通一坐，拿起草帽扇风，缓着气。母亲端来下的面条。三夏大忙，没有肉，没有多少绿菜，也没有功夫去精心做饭。一碗擀面，父亲吃得很香，汗水一道道从额头渗出。我却看着一碗面，怎么也吃不下去，光想喝水，感觉自己已经虚脱了。

一场，两场，三场，四场，就这样碾下来，一遍一遍。

碾完，再叼空儿晒麦。一场一场晒过两三轮，才放心了，拉回装到包里，小麦，去秋种到一沟两坡地里的麦子，才算回到了家。

一年一年，在这个山沟里，麦子和人，轮回着四季。麦子在我的眼里，一株一株慢慢成长，我看见它们不同的命运——

有些，怀着自卑、怀着忧伤，将空虚的穗头，交给岁月。

有些穿过风调雨顺的春季，却在收割前的一场风中，将腰折断。

有些被土地收留，有些被上天收割，只有一部分，跟随着父亲的汗水和脚步回到家里来。

有些，经住了地里风霜雨雪的考验，长得健壮饱满，却芽在了场里，不得不接受这样的结局。

只有那些坚强而命好的小麦，才穿越季节的风雨，经受各种各样的磨难，由一粒种子长成一颗饱满的麦穗，最后经过碾打，回到包里，成为碗中的食粮。这是功德完满的修行。

"生青熟黄，秋种夏熟，具四时中和之气，兼寒热温凉之性，继绝续乏，为利甚普。"这是我后来在老书《广群芳谱》读到的古人的话。古人以麦为生乎土、成乎水、变乎火之天生灵物。

父亲说不了这样的话，他和乡亲们只会一年一年种麦子，麦子在他们眼里再普通不过。一碗面，对他来说，都是人生莫大的享受。

唐朝《本草拾遗》中说："小麦面，补虚，实人肤体，厚肠胃，强气力。"父亲说不了这么多，在父亲和乡亲们的眼里，小麦就是一种自己最熟悉的粮食而已。

耐心的父亲和乡亲们，一年一年，扔下种子，洒下汗水，一年一年，在六月，热切地期盼麦子回家。

直到自己垂垂老矣，直到自己的背和山路一样弯，自己的咳嗽，像雷声一样沉，直到再也背负不起那些麦子。

曾经轻盈的一担麦子会在岁月的深处像铁一样沉，沉得让倔强的父亲不得不屈从，让儿子强壮的身躯替他扛起，就像新一年的麦子，将陈麦替代。

雍峪沟里的人，最终都把自己活成一棵小麦。在小麦的命运里，看见自己的影子；在小麦的命运里，领悟并承受自己的命运。

那些将小麦耕种一生，最后不能带麦子回家的人，最后像麦子一样走向自己的归宿，回归大地。

耶稣在预言自己的死时说："人子得荣耀的时候到了。我实实在在地告诉你们，一粒麦子不落在地里死了，仍旧是一粒。若是死了，就结出许多子粒来。"

夏至记

> 夏至之日鹿角解，
> 又五日蜩始鸣，
> 又五日半夏生。

夏至日的半上午，我顺着人家后面的小路，攀上崖背，往坡上去。杂树的枝叶，遮挡了日光，漏下了点点光亮，小路更为静谧。树木之上，是一年中最长的一个白天的大太阳，正灿灿地照耀着雍峪沟。

桫草、蒿子簇拥着小路，有些还漫到路面来。路边，繁缀着绿果子的构树，枝叶厚实，笼罩着塄坎。春节就开过花的迎春，绿绿的枝蔓，纷披而下，光照亮了一处叶子，亮晶晶的。柏树，柏朵繁茂，淹没了树干，只显出臃肿的轮廓，散发着独有的气息。柏籽儿像泥捏出来的疙瘩，硬硬地，张着刺，蒺藜球一般缀在叶间。我摘了一颗，掐了一下，渗出点点嫩嫩的水水。酸枣树，越长越旺，枝叶间有一种嫩黄的亮堂。最为葱郁的是洋槐树，一点一点椭圆的叶片，缀成一序长扇，万千条长扇子密密地挑在嫩枝老干上，撒下一方阴凉。柿子树上，青绿的帽盔柿子，乒乓球大小，繁密地结在枝叶上，压弯了树枝。其中一枚，不知是人摘下还是掉落了，只留下果盖如老年的灯罩在痴痴独悬，让人一眼瞅见。在人眼面前的果子，虽然耀眼而受人瞩目，但也容易被干扰或者破坏。

往上爬的时候，不时遇见野花。在桫草、毛毛英、灰灰菜丛中，几株打碗碗花，娉婷而起。粉色、白色的花儿，迎着太阳，敞亮张开，娇嫩的花蕊似在花心舞蹈，像在张望，也像在呼喊。打碗碗花是乡间的花，有一种鲜艳却不耀眼、敞亮而不张扬的美，在美丽中映着纯真、朴素，像行走在山野的穿着粉裙子的乡间小姑娘一样可爱。还有一丛野萝卜，高高地站着，有些花蕾蜷握成团，有些花开如盖。那白色的花儿，一点一点，像星星一样，成团成簇，就像一朵朵星云，在草丛间摇曳若轮。还有滴滴草的花儿，小指头蛋大小，还羞涩地藏在叶子背后，让人怎么看见你的美呢！有一种蒿草，开出淡蓝色的花儿，花株像女士别在发上的钗。还有几种白色、黄色的花儿，杂在野草之间，几十年，就没有叫出它们的名字，只知道这是雍峪沟的花儿。

到了崖上的时候，巴掌大的一个菜园子出现在眼前。几棵玉米已经长得有一人多高，绿叶如剑，半腰抱着的玉米棒已吐出红红的穗缨子。大田里的玉米种下才半个月，只有一拃高。韭菜森绿如茵，红薯绿叶如簸，黄瓜蔓叶满架，让人心中荡漾丝丝清凉。有人把水担上来，营造了一片绿色世界。只是路另一边的一片小白菜，在干土地上挺身，叶子被虫蛀得大窟窿小眼眼，巴巴地望着太阳。只是蔓延的草，却是精神地绿。

我去坡上转了一下，俯瞰了这个村庄。

上午的时候，阳光晒人，心想今儿的日头长着哩。哪知，半下午，一排浓云像土匪一样自北方扑来。一阵儿，雨水哗哗哗从天上泼下，屋檐上急急吊下长线。太阳的余光，亮在东边的山梁顶，沟里却大雨倾盆。下了一阵，想着雨该住了，因为往年这时节的雨就是这样。哪知，雨脾气怪，只缓了一口气，又卷土重来，越来越烈。院里房上，噼里啪啦。有人喊，下冰雹了！我着急寻识，终于在雨地捉到一颗，半个围棋子大小，冰凉冰凉，冰过皮肉，似乎要冰到骨子里去。雨夹冰雹吓得人心惊肉跳，刚出苗的玉米呀！一阵风吹雨歇，太阳重照，似乎什么也没发生一样。走出家门，坡上下来的人告诉我，冰雹只在坡上和村庄落了。奇怪！坡上没有种玉米，麦茬地，下也无恙。天是有眼的。

太阳重新照耀了这个村庄。这是一年当中最长的一天。一年当中，太阳今儿起得最早，走得最晚。我以为风雨冰雹，只是这一天的插曲。哪知，就在傍晚，雨声又起，直至夜里，本该由太阳打理的白天最后两个时辰，又交给雨水了。

夜里，躺在炕上，听着雨声滴滴落在院中的核桃树叶上，心里想，上午看过的草木，不知是什么模样。

村庄的神气

中午,村庄笼罩在一片雨雾中。我去探望一位老人,一路上想起30年前的往事。

那时,我还是个小孩,老人住在河西塄坎上的一口窑洞里。窑洞不远处有一棵几百岁的大槐树,腰如蒲篮,枝如苍龙,虬曲向天。

三伏大热天,村里人正歇午觉,忽然一股子味道弥散开来。老人头戴棕斗笠,肩围布坎肩,担着一担稀粪,攒劲地从门前过去。村里就他爱担稀粪上地,别人都压土粪。平时,村里孩子们见了他躲远远地,仿佛他身上还带着稀粪味。村里人盖房,和泥的总是他。泥水和麦草混好了,他穿上高筒泥鞋,迈进泥堆,"啪啪啪",使劲踩。这样踩透了,泥就格外筋道。泥水溅到衣服上,他也不在意。村里谁家过红白喜事,他就去担水,将大缸担满,将小缸担满,将水供得上上的。几十年来每次村里过事、盖房,就想到了他。老人活儿干得漂亮,但是脾气大,惹下他,他就在村中扯开嗓子骂。

1987年时,已经66岁的老人,妻子去世,女儿出嫁,一个人居住在那口危窑里,而左邻右舍因为住在高崖下危险都要搬迁。邻居张引乾和家里人一合计,干脆把老人接到自己在河东新盖的砖瓦房里来一起过日子了。

现在,我就来到了这座瓦房前。房屋现在全旧了。进门的时候,看见头门上面悬着一块黑匾,上面有4个鎏金大字"抗战英雄",是一伙志愿者挂的。不久前,父亲在电话里把这事说给我。这次,我就为此专门来探望老人。

进到院里,旁边的厦房里,牛和羊正在咀嚼着一簇洋槐叶,铁缰绳磕磕碰碰在响。老人蹲在大房西屋的炕上,口里哼唱着听不清词的小调。老人今年已经94岁了。他穿着黑色罩衫,耳聪声亮,面部因为眼袋深垂,像是从老照片里走出来的,似乎比60多岁的时候更好看了。在引乾伯的陪伴下,我说着父亲的名字,介绍了自己,老人慢慢回想起来。一提起当年的经历,他就像一渠水打开闸门一样给我讲起来,也把我的思绪带回70年前的烽火岁月——

1941年初,家住陕西汉中南郑县的小伙黄清海被国民党军队拉了壮丁。新兵训练两月,匆匆上了战场。"小鬼,想家不?"教官操着河南腔这样问。他不言语。"小鬼,打小日本怕不怕?""不怕!"他声音洪亮。"叫老乡,赶快挎武装,上前线,打敌人,保国卫家乡……"70多年后,老人依然记得当时的歌曲。他一字一句唱出来,声调激昂、雄壮,像步伐一样铿锵。

队伍从陕西拉到河南,先在灵宝打了一仗,接着就上了中条山。中条山在山西、陕西、河南的交界处,下面就是滔滔黄河。一提到中条山,老人的思绪好像凝滞了,只呼哧呼哧喘气。"中条山,把小伙死扎了!"半天,他舒了一口气,盯着天花板说,"到处都是尸体……"老人是个机枪手,6个人操作着一部马克沁重机枪。战斗异常激烈,打一阵,就躲到战壕里,等鬼子扫射完了,再打。他说,当时日本人的刺刀长,咱们的刺刀短,就很吃亏。他在拐杖上比画着。日本人穿的是皮靴,一走"刷刷刷",下雨泥泞都不怕,咱们穿的是布鞋。日本人有装甲车,咱们的村庄土墙、土屋,一碾过去就成了平地。"日本人坏啊!"中条山战役,战士真是拼命。八百壮士投河,无比惨烈!他在中条山坚持了4个月,现在腿上还有那场战役留下的伤痕。"在灵宝我们打赢了,在中条山,我们打败了。"他低沉地说。一个士兵,回忆一场自己打败的仗,赧颜、难堪。

沉默……思索……没有电视电影中的精彩镜头,没有豪言壮语,没有故事,回忆中夹杂着沉沉叹息。

过一阵,老人平静些了,他又说到了死,敌人的死。有一个战友打死了鬼子兵,发现其腰上系着7个小瓶瓶,里面装着一些粉末,瓶子上写着名字。中国军人把这叫死人粉。原来,日本兵将战死的鬼子尸体火化后,将一小撮骨灰装在瓶子里,准备带回日本去。但是,带不回去了,侵略别人家园的人,自己也回不了家。

打了4个月,其他队伍上来换防,他们打剩下来的人就撤下来。撤下来了就在操场看戏。前方的仗在打着,后面的戏也在演着。台上的问,演啥戏呀?台下有的喊豫剧,有的喊河北梆子,有的喊秦腔,结果台上还是该演啥演啥。中条山上枪炮轰鸣,戏场上锣鼓铿锵。

中条山打毕,又四处奔波,直到1945年,日本鬼子投降了。"小鬼,想家不?"当年教官的河南腔又在耳边响起,他的心里像猫抓。部队换防到了虢镇,南山下雍峪沟的人来虢镇卖柴,他偷偷跟着卖柴人,落脚到了雍峪沟,以给人帮工为生。新中国成立后,他没回老家去,就成了这村里的人。他拾掇过一个家,有过一个女儿,但现在都过世了。

生活是平淡的,也是琐碎的,时光就这样一年一年流逝。五年的抗战生涯,湮没在他漫长的人生中了。解甲归田的士兵和村庄一个普通农民,看不出有多大区别。直到人生的晚年,在国家纪念抗战胜利70周年的时候，人们找到了他。他早年的5年时光才又跳跃出来，重新回到人们的视野。那5年是他人生中最艰难、最危险的5年，但那5年，也是一个普通农民、一个中国青年与民族救亡相关的5年，是赴国难的5年，是尽民族大义的5年。这短短5年的意义甚至是他90年的农民生涯都不能比的，这是人生的骄傲。

追寻一位老人的抗战记忆，我回到这个位于秦岭脚下雍峪沟的村庄。

抗战老兵，就像村庄的老槐树，沧桑孤独，却展现着民族的脊梁、勇气和骨气，是一个村庄的神气。

小暑记

> 小暑之日温风至，
> 又五日蟋蟀居宇，
> 又五日鹰始鸷。

小暑，雨水暂停，天多云。

河里水是浑浊的，像泥汤，往北流。河边的洋槐树，黑色的枝干，挑着葱茂的绿叶。沿河逶迤而下的一棵棵高大挺拔的白杨树，像一道连绵起伏的绿屏，也将淡淡的影子投在大路上。河西边的地里，玉米及膝，正在抽叶生长，东边的一些梯田里，依然是乱乱的麦茬，还在延续麦子的记忆。两边的山坡，蔓延着绿意，那是树林、塄坎的杂草，地里的绿叶、庄稼，共同铺展开来的。

正午时分，在荷塘看了一阵荷花。一大池子的荷叶，拥挤着，层叠铺展，不见水。荷花儿零零星星的，缀在叶子间。闷热，浑身燥热，额上背上蒸出水。走近了，见一朵含苞欲放的粉红花儿，悄悄地探出头来，另一朵叶儿就为它撑了伞，爱惜着它。花儿张开了口儿，像要去吻，那伞的边角儿翘起，似轻轻躲离。瞅见淡淡的天空。一朵白花，池子中最大的一朵，高高地由一根茎擎起，花瓣儿像炸开一样纷披，让人想起娃娃五六岁的村妇的容颜。有一株粉色的，开的正好，自然地展开，粉嫩嫩的，似透亮的锦缎的光泽。

傍晚，沿着山路往里走。天上阴灰着，没有表情。水库对面的青山，笼着淡淡的雾气。山峦在雾气中起伏，山嘴像伸到水库里来饮水。水清凌凌的，像一面镜子。近处的洋槐树，叶子绿森森的，不似春日单薄。周围安静又清凉，在水库边坐了许久。忽然，一只动物的身影在草丛中一闪，不见了，令人一惊，慢慢才平静下来。

黄的影子，又在脑海里浮现。

流浪人间的狗

连续几天，一条瘦瘦的成年黄狗，在村里跑来跑去。这是一条陌生的狗。村里的狗，大大小小，像村里的人一样，大家都能叫上名儿，这条狗显然是外来户。它不知从哪里来的，毛色有些粗糙，肚子也是瘪的，人端着老碗蹲在门前的石头上吃饭时，它远远地看着，从眼神里可以看出它很饿。但是，它矜持地与人保持着距离，不像村里的有些狗见了人摇着尾巴就黏上来，让人给它撇条面扔根菜，它保持着一种自尊。它应该是从哪户人家出来的，就像一个人，一时流浪生活无着。

村里的大人们都忙地里的事。这条狗急匆匆地从村子的南头跑到北头望一阵，见人和车子过来，又拧头而跑。其实，它也没有目的，不知道该到哪里去。

男孩第二次看到这条狗的时候，心下一动。男孩早就想养一条狗。一次，妈向别人给他要了一只狗崽，养了一个月竟然误吞老鼠药死了，男孩很难过。现在，男孩想，我如果能养一条大狗也好，村里刚刚给各家各户分了果园，有了这条狗也可以给家里看果园，这样爹妈也是不会反对的。于是，男孩悄悄注意上了这条狗，观察它的行踪。那时男孩11岁，妹妹6岁。

这天晌午，母亲做好了午饭，面条和菜的香气，在院子里飘散。这时，男孩看见那条狗在门前打转转，往家里张望。院子中有个给鸡喂食的破脸盆，"来，来——"男孩朝它扔出一条面，落在脸盆里。狗望着男孩，却不上前。男孩往后退，退了六七米远。狗一看四下无人，才慢慢上前，舌头快速一伸，稀里哗啦，就将一根面吃下肚子。吃完，它又退到了门口。男孩吃完一碗饭，又去盛了一碗饭，挑得高高地吃起来。狗还呆呆地望着男孩。一碗面，男孩剩了两条，又用脚将脸盆踢了几下，移到院子里头窑洞门口，然后将两条面扔进去，再示意狗来吃。狗远远望着，不动。男孩返回厨房，没有出来，从窗户悄悄往外看。狗观察了好长时间，见没有人，就一步一步缓缓地朝着脸盆走去，两只耳朵警惕地竖着。等到狗的脸埋到脸盆的时候，男孩蹑手蹑脚走到大门口，将大门关上并插上了门栓。当男孩从墙上取下套环和链绳的时候，狗猛一回头，发现门已关。男孩向狗迎面走去，狗身子后缩，愤怒地瞪着他。

等男孩再近一步时，狗扭身像箭一样窜出去，男孩拿着套绳在后面撵。狗在院子里东跑西奔，男孩不断拦截追赶。就在男孩再一次从后院将狗赶到前院的时候，令人惊诧的一幕发生了——只见狗三步并作两步疾步向院墙冲去，在快到院墙的当儿它竟然一跃而起，越过两米高的墙头，跳出了院子。狗急跳墙！男孩第一次见识，这成语原来是古人对现实生活的总结。

打开门，狗已经无影无踪。

连着两天，没有见到狗，男孩想着它再也不会来了。到第三天的时候，门外一个影子又晃了一下，是它，但更瘦、毛更糙了。午饭时间，它忍不住，又往院里张望。

男孩知道，自己不能再出现了，就说服妹妹去。妹妹是个小女孩，最喜欢猫呀狗呀什么的，狗也不会害怕她。

妹妹起先害怕，男孩又说怕啥，它不敢咬你，哥在呢！

妹妹是个听话的孩子。她端着她的小碗吃完饭，将一个旧碟子放到了院中洋槐树根，然后往上面倒了一小堆面和馒头。

"来，黄，来……"

妹妹向狗招了招小手，细声细气地喊，她竟然给狗把名儿都起下了。

妹妹离开了。

洋槐树在院子中间，离门近。狗将那碟子面条看了许久，几次想扭头离去，但还是回过头来。一步，两步……它走到碟子跟前，没有下口，警惕地朝四周张望。见没有危险，才俯下身子吃起来。妹妹又端过去一钵水，放在碟子旁边。狗吃着，也喝着，看来是又饥又渴。妹妹看着狗，竟然用手轻轻抚摸起狗的毛来，狗也没有拒绝，在妹妹的爱抚下放心吃起来。妹妹又给碟子里扔了几块碎馒头，狗吃得很香。

就在狗沉浸于美食的一瞬，妹妹悄悄从身后拿出套环，轻轻地从头套进了狗的脖子，狗猛然一惊。妹妹在退后的一瞬将链绳一拽，套环就牢牢套在了狗的脖子上。狗又发起疯来，激烈地奔突冲撞。男孩赶紧冲上前护住妹妹，将绳子在洋槐树上缠了几圈，打成死结。然后走开。

狗狂叫、狂奔，近一两个小时平静不下来。几个小时过去，终于累了，静静地站着。听到人的脚步，就将链绳绷得紧紧的。晚上，妈给狗喂的食，狗不闻不吃。

第二天，是这样。

第三天，还是这样。

男孩心里开始难受，为自己的行为。平时，家里来了叫花子，家里人吃啥饭，就端给叫花子吃啥饭，家里人吃啥馍，就给叫花子啥馍，从不强人。他不喜欢现在这样子，不喜欢自己这样子。有一种惭愧和内疚在心里慢慢滋生蔓延。但心中另一个声音说，你是真喜欢它，也是为了它好，为了它不再挨饿受冻。

就在思忖该不该放了它的时候，到了第四天，它终于慢慢吃起来。

从此，家里有了一条狗，叫黄。

慢慢地，黄和家里人打成了一片。妈妈按时喂它，妹妹给它梳毛，男孩牵着它出去遛弯。黄肚子圆了，毛色靓了，叫声也响亮了，精气神十足。黄看门很用心，一听到陌生人的脚步，就发出叫声。男孩看果园，夜里住在草庵子里，黄一夜不睡，在果园看守，没丢过一个果子。妹妹去地里摘菜，黄保驾护航，爸爸妈妈很放心。家里常常传出男孩和妹妹逗黄玩的笑声。黄渐渐像家里一个人一样了，出去，男孩和妹妹从不给黄拴套环和链绳，黄欢快地跑前跑后，一路撒欢。村里人也把黄看作这家里的一员。

但村里的狗不这么看。在黄来之前，村里的狗成群结队，它们各有伙伴，各有地盘，只是人们不太在意罢了。一条生狗的到来，自然引起一些不快。

这天傍晚，黄独自从桥上过来，往家返回的时候，高家的胖黑狗和常家的胖白狗，两个竟然身子一横，像一堵墙挡在黄面前。一场激战是何时爆发的，人们没有看见。人们看见的时候，三条狗撕咬在一起，毛血乱飞。"帮忙"的常家的胖白狗一块皮毛被撕下，血往下滴，哀嚎着最先跳出圈外，逃出战斗，躲到崖上观看，浑身颤抖着。胖黑狗和黄对峙着，谁也不示弱。胖黑发出一声长长的嗥叫，狞厉的叫声响彻村庄，震人心魄。黄的眼中发出冷冷的寒光，好像眼前什么也不存在，岿然不动。就在响声荡尽的一刹那，一股风起，两条狗同时一跃而起，撞咬在一起，又抱着跌落，翻滚了一下，从路边十多米高的土崖上掉下，掉到了河水中，"哗——"溅起一大朵水花。

妈是在家里被高家的婆娘喊出来的："赶紧！你家的狗把我家的狗快咬死了！"

妈一听黄捅乱子了，心里发急，顺手从柴垛里抽出个硬柴棒，顺着斜坡上的小路，下到了河边。河水里，这两条狗依然扭抓着不依不饶。黑狗虽然胖，但劲没有黄大也没有黄灵活，时间一长，显然渐渐体力不支，被黄咬住耳朵往水里按，躲又躲不开，跑又跑不掉。妈斥责着，抡起木棒就打。尽管木棒雨点般落在黄身上，但黄挪动着身子死不松口。妈既心疼又气恼。最后，一棒打下去，干木棒竟然断成了两截。妈只好站在旁边喊着制止。

黄这才松了口。胖黑狗慢慢从水中出来，在众人的目光中趔趔趄趄，缓缓地从小径上爬了上去，浑身湿淋淋的。

黄跳上水中的石头，冷冷地盯着它远去。

夜里，男孩和妹妹笼了一堆火，心疼地将黄身上擦干，看着一坨坨被咬掉的血痕渍渍的创伤，看着木棒留下的道道伤痕，男孩和妹妹都流下了泪水。

随后一个月，黄的毛掉落了一茬，新换了一回，慢慢才缓过神来，恢复了往日的精气神。从此，阿黄走在路上，别的狗都绕着他走，连人也让着他。

人们说，他是村里的第二烈狗。排名第一的是汶家看拖拉机的狗，那是条疯狗，见谁咬谁，连主人都被它咬伤过两回。

黄在家里待了两年，和一家人相处非常愉快。后来，村里的果园又被村上收回去了，黄没了看园子的使命。这年秋上，姨妈家的果园挂果了，她家的狗太懒，看不住园，就想借黄。妈答应了。男孩舍不得黄，妹妹也舍不得，但又拗不过大人，姨妈说，不过是借一阵嘛。

暑假的时候，男孩和妹妹提着一篮子西红柿，翻了三道山梁去看望姨妈，也是去看望黄。他们想黄了，梦里都梦见了几回，想得不行。

姨妈家的果园在山梁顶上，表弟在看园，黄就拴在庵柱上。黄的身上有些脏，看来最近没洗过澡，那地方缺水。他们将自己拿的馍片还有糖喂给黄吃，黄高兴得直摇尾巴。

姨妈说了一件事。黄刚到这里那几天，对面山梁上一条狗闻声朝这边大声吠叫，声音激烈高亢。黄回了几声。对面山梁几条狗同时叫喊起来，势众气壮。一天，就在表弟在果园闲转的当儿，黄挣开项圈，向对面山梁狂奔而去。它下了这面山坡，跨过沟涧，又爬上对面山坡，找到了带头挑衅的那条狗，只你来我往几个回合，那条狗的耳朵就挂了彩，疼得躲到一边去了。黄则得胜而返。中午，那家人寻到姨妈家来，说了这事，心里当然不痛快。姨妈说，这狗不让人省心哪。

姨妈随口说说，男孩听着心里很不舒服。

这一季果子看完，姨妈却不说还狗的事。催妈要，妈说大人的事小孩少管。

寒假，男孩和妹妹再去姨妈家。只见院子房檐下一角搭了个小棚，一只毛色白净、肥头大耳的像大猫一样的狗懒洋洋地趴在麦草上。旁边的杨树上拴着一条狗，身体瘦削，毛又脏又粘，两眼看起来干涩黯然，只有深处残留着一丝亮亮的光，是黄。旁边的烂洋瓷瓦里是半碗早晨残剩的玉米糁糁。男孩知道，黄平时是不吃玉米糁糁的。见了男孩，黄起身围着男孩转，摇着尾巴。屋里的人则出出进进，像什么都没看见。男孩抚摸着黄的皮毛，黄的骨头都能摸到。响午吃饭的时候，男孩将第二碗臊子面只吃了一口，全倒在了黄的碗里。黄很香地吃起来，吃完之后，伸长舌头连碗都舔了。然后，扬起头，绷紧铁链，四处奔望。妹妹又将自己碗里的臊子面也倒进黄的碗里，黄又低下头兴奋地吃起来……

这年正月初三，男孩和妹妹随父母一起去姨妈家拜年。一进门，那只猫狗依然躺在安乐窝里，黄却不见。一问，姨妈说，你俩上次一来，这狗就不对劲了。你俩走的时候，就绷着链绳要追。半晚上也不睡。第二天早上一醒来，就发现项圈挣断了，也不见了踪影。还以为跑回你家去了，最后听说也没回去，到现在也没回来，不知道流浪哪儿去了。姨妈轻描淡写的话语很快被大人们过节热闹的寒暄声淹没了。

男孩一个人站在屋檐下，怔怔望着杨树。一阵儿，眼睛就模糊了，黄的身影就在男孩模糊的眼眸里晃动，黄的叫声和喘息就在耳畔回响。男孩在心里轻轻呼唤黄的名字，黄仰起头来，静静看着男孩，眼眸深深的像泉水一样纯净。男孩的一长束目光，向那汪泉水深处游去，游啊游，越游越深，在纯净的水的世界里，它看到一条张着双耳、摇着尾巴的光晕，在缓缓起舞，那是黄自尊、勇敢而无羁的灵魂……

黄，你去了哪里呢？几十年后，男孩漂泊异乡，长大成人，成为现在的我。每当走到一个陌生的城市或者村庄，看到狗的身影，听到狗的叫声，我都要停步观望——我会不会与黄再次相逢？

大暑记

> 大暑之日腐草为萤,
> 又五日土润溽暑,
> 又五日大雨时行。

太阳白亮亮地照着水泥路,沟里的庄稼、树木和草显得分外绿。

门前的几架刀豆,叶片密密麻麻,层层叠叠,像长野了似的,淹没了架子,也遮住了垂吊着的刀豆。十几株指甲花歪歪斜斜,有半米高,绿叶根缀着粉红的花朵。指甲花是妹妹的最爱。夏天临睡前,妈摘几片构树叶子洗净晾干,将指甲花捣烂,盛在构叶上,然后裹绑在妹妹的指头上,用白线扎了。指头当然不舒服,但妹妹能忍住这美丽的代价,就为了明早起来能臭美。现在,妹妹已经出嫁,门前的指甲花没人用,还在年年艳艳地开,妈也舍不得拔掉它。被指甲花枝遮住光,下面一坨韭菜就长得茎细干瘦,上面还掉着枯叶杂草。

连阴雨过后,才晒了不多时日,地面就干得裂了缝。下了小坡,到了麦场地，茄子、西葫芦虽然张着大叶子，叶子却有些燥干，还有几片沾着泥，有些黄了。几行豇豆，长长地吊着，叶子稀疏，根部耷拉着几片黄叶。旁边一片地，有些润湿，是泼过水的。几根稀稀拉拉的细葱，几朵弱弱的白菜苗，沾着那些湿气，看能不能再挺些时日。

旁边闲地里，麦茬枯了，麦青和杂草像婴儿的头发滋生。还有两窝野椿树生发出来，抽展着枝叶，尚未及膝，却已是鹤立鸡群了。路边，是一绺低矮的麦草垛。拉拉秧从四面爬蔓上去，蔓叶拉得严严实实。拉拉秧甚至扯过水渠，爬上塄坎，缠上粗细高低不一的大树小树，编织成一张松散起伏的绿网，像演习部队的营房伪装。大杨树的半腰缠着拉拉秧绿裙，旁边的一棵小柿子树，将枝叶半天从网中刺不出来，一棵小桑树从上到下被缠住，让人差点认不出来。什么东西一成势，就成灾害，让人恐惧。

庄稼地里，玉米有半人高的，有一人高的，看来是不同时间点种的。玉米是这个季节山沟里最蓬勃的庄稼。站在高处看，树林和绿草染绿了山坡，平地里，就是葱茂的玉米，一大片一大片铺展，成为村庄最有气势的绿色。河边地里的玉米有一人多高，高大挺拔，只是有些叶子卷在一起，叶尖耷拉。

河道里，浅浅的水穿过草蔓，在阳光与阴影中，粼粼流淌。旁边一棵棵杨树和洋槐支撑着阳光。我看见树腰一颗蜗牛，卧在一丫小枝杈处，在一片叶伞下歇脚。这么高，蜗牛是怎么爬上去的？

小时，这个时节，正是村里人卖西红柿的时候，现在却没有人种西红柿了，地里多了猕猴桃。

西红柿

像天上的霞彩，被风吹来，星星点点落在雍峪沟的田间河畔。日头东升西落几年后，又被风卷过山梁，消失得无影无踪，将田地还给小麦的青绿和杂草的荒芜，像没有来过一样。

西红柿，沟里的人称呼它为洋柿子，就像称呼洋火、洋槐一样。土火，或许是指火镰，土槐那是称说国槐，土柿子，那应该指长在坡上、崖畔的柿子树的结果吧。土和洋，在这里是切近又遥远的两个世界。沟里人形容一个人还用一个词"洋气"。"这个女子洋气得很！"是说这个女人穿衣时尚，人长得漂亮有气质，还有那么一点点脱离山沟妇女群众的妖艳的味道。说这话的人，语气里有羡慕，还有对自己踏实本分的自得，对洋柿子，是不是也有这样一种心情呢。西红柿还有一个更硬气的名字："番茄"。以"番"而不以"洋"名之，我想那是清末被洋人打怕之前的前人的称呼，里面渗透着一种自古以来的硬气。无论"番""洋"，先认为茄，后认为柿，先只认形状，后兼顾了色彩，又名为更书卷气的"西红柿"，这一物种，在中国传播的时候，人们的认识在变化，心态也更为平和。

我认识洋柿子，是在一个临近工厂的村庄，亲戚住在那里。工厂是三线企业，钻到了一个山沟里。村庄的人就种菜卖给工人，比别处富裕些。三夏大忙毕到亲戚家。亲戚家的菜地，有二十几株绑在扫帚棍上的藤蔓。蔓上挂着几个鸡蛋大小的或青或红的果子。亲戚引了河水来浇地，顺手摘了个半红的给我，说："洋柿子，吃吧。"我把它端详了许久，都没舍得咬一口。那时我们的蔬菜大多是白菜、洋芋、红芋之类，这种娇贵的蔬菜，亲戚们是卖给厂里的工人们吃的。

我不知道，西红柿种子是谁第一个带到雍峪沟的。一家一种，几乎家家就种上了。四五月，在场里修畦、幔塑料棚、撒种，让它慢慢长。待苗长一拃高，再将田里麦苗间隔一行拔掉，将西红柿苗一株株移栽进去。六月麦割之后，一点点的绿色在麦茬地里亮出，赶紧浇水。之后，施肥、绑蔓、掐杈，活儿一件接着一件。待到七八月间，柿子终于大面积挂果，红熟了。村里人喜悦的时光来了。每天傍晚，大太阳还没落山，家家户户大人娃娃到地里摘柿子。我和妹妹提个小篮子，摘满了，再提到地头一个个转到大鏊笼里。父亲一担一担将他们挑回去。吃罢晚饭，全家人动手，将驮筐放在房间里，选装。驮筐是两个竹筐，中间用两根横木连在一起，刚好可以骑在自行车的后座上。母亲将大鏊笼的洋柿子，选出个大、色艳、没虫眼的，用抹布抹净，递给父亲。父亲在框里垫了麦草和布，然后将洋柿子一个一个整整齐齐码放在框里。第二天凌晨5点，天还黑着，我和妹妹还在睡梦中，父亲用自行车带着一驮筐的洋柿子出门了。听说，几十里外的渭河桥边，有个批发市场，有人收洋柿子往西安贩运。有时顺利，父亲将洋柿子批发了，赶响午端就回来了。有时，过了响午饭还不回来，家里人就很操心，那可能是没批发了，走乡串村零卖去了。这段时间，对雍峪沟的人来说，忙碌、辛苦，但也快乐，因为家里有了收入。一斤洋柿子卖上一两毛钱，一回卖上二三十元钱，也是收入，娃娃上学、媳妇买衣、老人看病、种麦的化肥农药都就有了着落。好洋柿子都卖了，剩下的就吃西红柿酱面，吃着特别美味。不像春季、冬季，日子萧条，手头紧张。这时，最伤心的是柿子苗得了瞎瞎病的人家。

有时，天阴，洋柿子红得少，三四十斤。自家吃，吃不退，父亲卖，划不来，就交给我去卖，卖的钱归我。怕邻村的人下地去了，第二天我早早吃罢早饭，找来一副轻便的扁担。我挑上两罄笼洋柿子，攀上了崖上的小路。这副挑子，我初掂时觉得不沉，一把手可以举起来。但是等上了山路，觉得这担子直往我夏天单衣下的肉里扣。14岁的我，瘦小单薄，只能用骨头撑着。刚上山坡的路，在崖边，又窄又陡，没地儿歇。也不敢歇，一歇就起不来了。就硬捱着，一步步，直到走到几丈高处的一个平台，将担子一放，长长地舒了一口气。仰望山坡，路弯弯曲曲，越扭越细，绕到山梁顶去，自己才走了十分之一不到。自己想退回去，又怕人笑话。往上爬吧，心里一千个愁。最后，还是鼓起勇气，慢慢，一步一步往上攀。到梁顶望见邻村的人家的时候，已快10点，大汗不知把衬衣沾湿了几回，自己都麻木了。进了村，自己挨家叫卖。有时有老太太出来，称上两三斤。常常就不见人，自己盯着一家家的门，期盼有人出来问问。农村人手头也没几个钱，买菜也细详，拨来看去，也买不了几毛钱的。就这样，从村东到村西，从南头到北头，直到午饭过后一点，自己卖了6元钱。有个小西红柿子，压烂了，没人要。我看着这个红艳艳的蛋蛋，想着我一路挑过山梁的艰辛，觉得这一个柿子100元卖都心疼，舍不得扔，也舍不得吃。但没人要，自己只得找个没人的地方吃了。挑着空担子回家，回家的路是下坡，脚步轻快无比（要是去的时候是下坡路，多好啊），回去，一碗干面吃着特香。自己赚了6元钱，回去发现肩磨破了。与年年挑着货物翻山越岭的父亲相比，自己太稚嫩了。

秋天雨水多，说来就来。西红柿大面积红，不卖就会烂掉。下午四五点，村里人只能先披了塑料纸，淋着雨将西红柿从地里摘出，再穿着高腰泥鞋，深一脚浅一脚担回家，装筐。出沟的道路已成泥淖，自行车没法带西红柿出沟。这时家家户户就想出笨办法，用牛拉架子车往出运。西红柿装好驮筐后，父亲和母亲一起抬放到架子车厢内，再把自行车横放在上面绑定。套上牛，我牵着，爹驾辕，妈在后面掀着，上路了。路上，这里一簇人影，那里一簇人影，都是送西红柿的。雨中的路，也被碾压了无数回，车辙成了深槽子，里面积着黄泥汤。我牵着牛，左滑右滑。牛拽着车，呼哧呼哧喘着气，爹不时用鞭子赶。出沟的路，这时走起来像电影里的慢镜头，特别俭省，下河、半沟、杨树林、滑坡对面、老砖瓦窑、桃园、谭庄，两个小时后才到了公路边。人的身上被泥点酱了，成了泥人，满身是汗。牛身上也冒着热气。我们将西红柿和自行车寄放到表姐家，略作停顿，然后返回。

　　漫长的路，转一个弯又一个弯，庆幸的是我们已经返回，好些人才往下走。走到老砖瓦窑的地方，看见60多岁的山槐叔一人吆着牛拉着空车在前面走。他已经60多岁，身材矮小，家里4个娃，一个小娃还在南方上大学，家里负担沉重。虽然年龄大了，也种了一亩西红柿。他家的牛是个半大牛娃，在路上左右趔磕，拽着他左拐一下，右拐一下。"这恶儿，好好走嘛不走？！"他怒喝了一声，一鞭子摔在牛身上。哪知牛突然暴躁而起，拽着车子和人直往路边冲去，路边土虚，牛蹄子一踩"哗啦"滑下去一大哗子，牛车就这样被硬拽着跌了下去！这一瞬间的事情，惊呆了我们。我们赶紧扔下自己的车赶过去。牛跪在地里，缰绳扭缠在一块，车侧棱在地里，山槐叔跌坐在泥土里，幸亏没有被车压住，幸亏塄坎只有一米多高。我们赶紧将人拽起，将牛牵住，理清缰绳，将车翻平。"牛没事吧？"山槐叔问。"你咋样？"爹问他。"唉，我这老骨头耐摔打哩。"牛摇了摇尾巴，缓过神来。我牵着牛，爹驾着辕，帮山槐叔将车从地里拽到地头。满身泥水的山槐叔，走了两步，又像发现什么，从地里拾起一只撕烂了的泥鞋扔到了车厢内，又将脚上那只也脱了，扔到了车厢内。在这一天的傍晚，一个赤着双脚的老人，脚踩在冰凉的泥水里，赶着牛车踽踽而行在回家的路上。他的孩子在远方的大学里读书，不知道发生在雍峪沟的这一幕。多年来，我一直想告诉他。

第二天凌晨4点，父亲起身，踩着泥泞的出沟路，赶到表姐家，叫开门，用自行车驮上西红柿去卖，给家里挣回30元钱。

雍峪沟里的西红柿，忙了男人女人、老人娃娃。邻家桂花姐家的洋柿子种得多，批发挑剩下的也多。星期天早晨，她给5岁的女儿兰草拾了一小篮子，大概有十几个。小兰草提着篮子，就攀上了对面的山坡，往西洼村去。西洼没河，人不种菜。兰草到了西洼，就蹲到村里的水龙头跟前，也不言语。别人问她："闺女，洋柿子一斤多少钱？""我妈说来一篮篮2元，1.5元也行，我没秤。"那人又问："3块钱能行不？""我妈说来，2块钱就行。"最后，她拿着一块八毛钱，提着空篮子，高高兴兴回来了。兰草卖洋柿子，在山梁那面的村庄，人们都知道，雍峪沟的洋柿子好。

但是，西红柿在雍峪沟也就红火了几年，然后突然从地里消失，找寻不见了。山槐叔早已去世，我已经从14岁的少年变成了成年人，兰草初中没念完，辍学到广州玩具厂打工，好多年了。听说，成了一个很洋气的女孩，一月赚四五千块钱。青壮年打工，孩子外出上学，村里越来越寂静。西红柿，好像在这个村子没有来过一样。但是，那一担柿子留给我的疼痛还在，多年以后，一搁上重物，我的肩膀就本能地回忆起来那个遥远的早晨的硬捱的感受。我的个子可能从此少长了几毫米，但是我的骨头可能由此坚硬了几度。在以后漫长的人生中，我就这样硬扛着人生的风雨、寒凉、疼痛，走出这个山沟，走过无数城市、别人的屋檐，建立自己的生活。那一担西红柿走过的山路，让这个山村少年从此对父母、对生活的沉重，对每一点欢乐，都有了更切实、更豪壮、更醇厚的感受。那一天傍晚的泥水沁入肌肤，渗透进山槐叔走了一辈子山路的脚板里。风湿、疼痛伴随着他在人世间最后的日子，我没有来得及问他，这与那天傍晚的泥水的冰凉有没有关系。他已经不能言语，不能告诉我。他的小儿子，上了村里孩子能上的最好的大学，现在在城市当官，但他至今不知道那天傍晚的一幕。兰草，走向遥远的广东，将自己留在了那里。闲时，她是否会想起，那天清晨，爬上山梁时，凉风吹动她稚嫩的脸庞上的秀发？

现在，出沟的路打成水泥路，宽宽展展，无论雨天雪天畅通无阻，运送西红柿，再不必吃那么大的苦。现在我们却不运了，路闲在那里，空空荡荡。生活是不是都是这样——美好的东西总是来得太晚。好多年，我都期盼，我幼小单薄的身体担着西红柿走的路若是下坡路多好，我可以轻松许多。但是它就是上坡路，我没有办法改变它。如今，我长大成人身强力壮，担上几十斤东西上坡下坡都无所谓，但是现在却没有东西要我担，整天在电脑上敲来敲去，这么好的身体闲置着。生活，是不是总是这样，你不能干啥的时候，强为你干，你能干的时候，就记不起让你干了。不难你，就不是生活。

圆圆的西红柿，从遥远的地方来到中国，来到雍峪沟，匆匆切入了一些人的老年、一些人的少年、一些人的童年，留下一些感受在一些人的骨头里，然后像风一样匆匆离去，无影无踪。

第三辑　秋令

立秋记

> 立秋之日凉风至，
> 又五日白露降，
> 又五日寒蝉鸣。

门前一小块地里，小白菜张开了手掌一样的嫩绿的叶子，掌纹清晰，会聚到一道白色的主脉上。露水在叶子上像泪珠儿滚动，晶莹透亮。虫子嘴馋，将叶子啃出眼眼，像女子耳朵上钻出的挂耳钉的眼。我伸手掐了一片大黄叶，"咯吱"一声，汁水就从断茬处渗出来。叶子葱郁的韭菜地里，几根韭苔抽出来，尖尖上是黄苞苞，像小小的蛇头伸展。在菜地上方，大拇指头蛋大的青柿子已经从叶子下探出头来，看着蛇头颤动。

沿着小路下到场里。前几天下的雨水从堵塞的渠道涌出，漫了这里的菜地，淤泥还没有干。西红柿蔓从竹竿上滑下来，歪斜在地上，缀着一颗绯红的半熟柿子。几行架豆王，根部的叶子黄了掉落，竹竿就像细脚伶仃的圆规支撑着，上半身的叶子倒丰茂，或许还能结出许多架豆王来。夹在西红柿和架豆王中间的一行茄子倒硬强，张着枝丫站在泥地里，展着大大的叶片，一朵朵紫色花儿就绽在枝条上，还吊下一根茄子。

草比菜长得旺。路边，拉拉秧结成绿网，攀上麦草垛，扯到树腰，将沟渠罩得严严实实。灰条长得有半人高了，叶秆粗壮，绿籽成穗，带着白粉，密密匝匝，不复春季的青涩。野椿树夹杂其中，好像红军战士潜伏进敌军的队伍，不仔细看，看不出来。雨水将土路冲出沟渠和窝窝，一株牛筋草身子就悬空了，靠半边根维系，依然将绿色的叶躯散摊在路上。田地中间的便道，仅能供架子车走，现在已经全被牛筋草、莎草、猪耳草占领，像种的一样，密密麻麻，人无处下脚。

地里，玉米正在生长，绿色铺展在河道两边。但玉米长得并不一律，心急的塄坎上的已经结出嫩棒棒，不急的塄坎下的才抽红缨缨。我远远望了望下河自家地里的玉米，玉米秆黄着，身子低矮，还没出缨缨。这是片沙地，留不住水分。看来，刚刚过去的这场大雨并没有给它们多少润泽，前面干旱已经深深伤了它们。玉米，在需要的时候，就稀罕那么几场雨水啊。

高大的白杨树簇拥着河道，白杨树有些干，一些黄叶子在掉落，落在路上，落在草上，别有一种风味。时已至中伏，一年中阳光最烈，酷热最盛的时候。落叶，这是树的一种自我保护，可以减少自身水分的流失。这是生命的减法。在减中，适应环境，并获得生命的延展，每一棵树都是一位哲学家。就像太阳热时，玉米将叶子蜷缩着拧在一起一样，这是树木和庄稼向太阳的示弱，也是蛰伏以积蓄生命的能量。古人发明了"伏"，那是提醒人们蛰伏避暑，这也是生活的大智慧啊。由初伏、中伏而至末伏，在三伏之中，人当吸取一年当中最旺盛的阳气，也当品思三伏人生的况味。

蝉鸣，在林间鼓起。是合唱，响彻山谷。

母亲将早饭摆在了院中的小方桌子上。豇豆拌粉条、炒辣椒、花卷馒头、红豆稀饭，虽然清淡，却绿得清爽、白得质朴、红得鲜艳，都是我的最爱。吃起来，粉条劲道，豇豆生脆，馒头绵软，辣椒火辣，稀饭香甜，特别爽口。几十年的人生滋味，都在母亲的这顿饭里了。将母亲做的这顿简单的饭发到微信朋友圈，引来点赞无数，好多人想起"妈妈的味道"了。

就在吃饭的当儿，几只长尾巴麻雀飞到了核桃树树冠里，上下跳跃。还有一只灰毛松鼠，长尾巴翘着，溜上院墙。女儿喊一声，松鼠不慌不忙，往后瞅了人一眼，才跳到一簇木头上去。女儿觉得麻雀和松鼠很可爱，它们却是母亲的"敌人"。"嘴馋地，豆子、杏仁、核桃都叼，撵都撵不走。"母亲说。前几年，松鼠的毛是黄色的，这几年是灰白相间的，是早年山里的跑出来了。

暑热当头。去西坡地里看花椒幼树。一阵热得不行，只得下来。但这段时间，恰恰是摘花椒的时候。妹妹家的2亩多花椒树已经挂果，叫了亲戚、雇了天天工摘花椒。今年花椒价格好，大红袍花椒一千克35元，凤椒一千克50元，烤干的凤椒一千克要卖100多元呢。花椒现在成了家乡这一带农民致富的好产业。

往西坡上面望去，山梁顶上的一簇人家，被树木拥着，站在视野的远处。这几天，人们传说着山梁上军医葬母的事。

立秋的时分在夜间，但人们期盼的凉意并没有马上到来。直到夜间11点多，才渐渐凉了下来。乡村的夜晚黑得沉静，人们已经睡去，只剩下虫子欢乐地歌唱。

我独自一人在院中立了许久。

军医母亲的葬礼

　　秦岭延伸出来的一道山梁上，住着几户人家。那是非常偏远的地方。从平原走进几里深的山沟，再沿着曲曲折折的山道，斜斜地攀上山梁，走到快与大山融为一体了，就到了这几户人家。人家被树木簇拥着，笼在秦岭飘出的云气中，飘在人们的视线的远处。人们很少去那里，甚至那些卖针头线脑、醋米油盐的小摊小贩也不去，嫌坡太陡，路太远，人买不了几样货。时间长了，那里的人们也就被人遗忘了。

　　一天，长命纸在这里一户人家门前挂起来了。有穿孝衣的大人和小孩推着自行车从坡上下来去山外的街市跟集，村里人才知道槐娃的娘殁了。在村庄，人去世是件大事。

　　又过了两天，人们互相传递着一个消息：槐娃回来了。村里的婆娘媳妇、老婆老汉，有些还抱着碎娃，往山梁上攀去。他们不是槐娃家的亲戚，也不是去吊丧。他们不认识槐娃，槐娃也不认识他们。槐娃不是山梁上的农民，他常年在省城工作，很少回来。

　　人们来找槐娃诊病开方。槐娃是名军医，是方圆几十里出的最大的医生，在省城的医院坐诊呢。当然，在省城的医院叫槐娃是找不见他的，槐娃是他的小名，当娃娃的时候叫的。家乡的人，只知他的小名，不知他的大名，就这么一直叫着。村里的老人们，有些跟槐娃他爹一起走过山，有些找他开方看过病，所以他的事儿能讲不少。

槐娃小时候和山里的孩子没什么两样，拾柴烧炕，农活啥都干。他身体不好，时常得些头痛脑热的病。10岁那年，眼看到了年根，他的脖根出来个小疙瘩，越长越痛。那时，缺医少药，槐娃娘去村里的诊所让赤脚医生开了些药，槐娃吃了却没有作用，疙瘩抽胀了他的脖子，跟着半面脸也肿起来了。槐娃娘期盼着过年的喜气能冲散儿子的疾病，采用热敷等办法，想让疙瘩变软消退，但却一日不如一日。

到了年三十这天，心急如焚的槐娃娘将准备年事的事情交给槐娃他爹，用架子车拉着槐娃出了门。过年的鞭炮声已经响起，人家都往门上贴对联呢，槐娃娘拉着槐娃下了坡，出了沟，来到平原，又往东走了20多里地，到了河东一户世世代代行医的中医家里。老中医已经70多岁，见这娘俩上门，赶紧放下手中的饭碗给看。"已经化脓了，得杀破。"老中医说，给槐娃脖子上喷了药水，用小刀轻轻一点，脓水涌了出来。槐娃痛得大哭，老中医说："娃，一阵阵就好了。"最后，敷了自制的黑黑的药膏，用纱布粘好。"我给你开三服药，其他药我这有哩，只有三样我这没有，你要能抓齐，这三服药一吃，娃就好了！"槐娃娘感激不尽。老中医留娘俩吃饭，槐娃娘婉谢，拉着他返回，寻到街上的卫生院，还好将药抓齐了。那天，娘俩回来的时候天已擦黑，途中只啃了几口干馍。槐娃爹在坡根迎上他们，将槐娃接回了家。老中医的药真神奇，三服药下肚，痛消肿散，槐娃又像小牛犊一样活蹦乱跳、院里院外跑了。后来，槐娃娘专门买了礼当，带槐娃去老中医门上感谢。

槐娃从此对这些草药也来了兴趣。家近秦岭，住家周围的塄坎上、坡上，常常长些柴胡、刺芥、蒲公英等，大人告诉他，他记住了这些名字,采来了晒干,卖给供销社。秦岭山中无闲草,秋季他和大人去山里摘五味子、拾野杏,将干五味子和杏仁卖药,拿换来的钱买了一本带图的像词典一样厚的中草药书,没事就翻看。这样,在家周围,在山里,他认识了更多的中草药。

上了几年初小,学校突然停办。槐娃去当兵,从此离开山梁上的村子。部队缺医疗卫生人才,他又一心学医,就派他参加中医培训班,慢慢地他就成了一名医生。后来,到了省城军医大学附属医院工作,名气更大。村里的人去省城看病,常找他帮忙挂专家号。他回乡探亲,人们总慕名而来请他诊脉开方,他总是很热情。乡亲们也说他的方子灵得很,药到病除。

妈是在槐娃娘安葬前一天下午4点多和村里几个婆娘上去的。这一天,是大奠之日,按本地过白事的风俗,孝子要带着吹手到路口迎接前来吊唁的亲戚,还要举行各种各样的仪式,非常忙的。但妈她们知道消息晚,抱着试一试的心态也来了。她们爬上了山坡,喘着气,看到了门前高悬的长命纸、门上贴的白对联和进进出出勒白手巾的人,听见了在山梁那边隐隐约约响着的唢呐声,就知道到了槐娃家。进了院门,正屋中厅设的是灵堂,偏厦房里是厨房,院里有好些帮忙的乡邻在择菜洗碗。在东侧,摆了一张有了年月的方桌,一个高脚木凳。槐娃人近60,中等身材,微胖,目光清澈。他头戴白色孝帽,身着白色褂扣孝服,脚上是圆口白鞋,坐在桌前,就像在医院穿着白大褂坐诊一样。侧面坐着一个十来岁的女孩,先问询来人的姓名、年龄,写在纸上,再交给槐娃。来的人自觉地排了队,各人手里提着袋子或挎着篮子,有些装了一袋蛋糕,有些装了三四个鸡蛋,有些装了两包挂面,有些装了几个馒头,有些装了刚收获的小南瓜,还有个老太太拿了两盒孩子们最爱吃的方便面。但方桌前贴着一个纸条,上面用毛笔写着"不收礼"。

妈走到小女孩跟前,想把袋子里的几颗鸡蛋掏出来,小女孩微微笑着摇摇手，妈只得停住手，不好客气，再没有往出掏。妈坐定，槐娃和蔼地问候，淡淡地微笑着。他并不问询病情，先伸手搭脉，细听。"得是晚上半夜咳嗽？吐黄痰？"听完，槐娃问。"对，对，白天都不感觉，半夜咳嗽气紧，痰黄。"妈说。"你这个支气管炎得了有好些年了。好好吃吃中药治疗调理一下，平时莫着凉，防感冒。"他开了一串的中药，叮咛妈咋煎咋吃。妈感谢着，拿着单子站起来，脸上喜悦。

这时一身重孝的槐娃的弟弟端着放着献果的木盘，带着一伙孝子孝孙，将一户亲戚迎了进来。"我的姨呀——"一声长长的哭腔在院子里传开，跟着一群低声的啜泣，进了中厅的灵堂，激越伤情的唢呐在门外吹着。

槐娃和蔼地给一个个上门的乡亲看病，拉脉，询病，开方。每一个看完病的人，临走，都去灵堂，给槐娃的娘鞠躬上香，妈也是。遗像上，这个满脸皱纹的老太太，笑吟吟地望着大家。

妈不光看了自己的病，还给三姨讨了一个补身子的方子，和一伙婆娘满意地回家了。

安葬老人那天，许多被军医医治好的人都来为他娘送葬，那是这个村庄最盛大的葬礼。

好多人来时都带了两挂鞭炮。因为按乡里人的看法，老人安享天年在85岁高龄无疾而终，是喜丧，要放炮祝贺。不为良相，便为良医，老人培养了一个良医儿子，救死扶伤，造福桑梓，其功应贺。那天早晨，人们都去为老人送葬，抬棺，给坟墓培土。

中午，在宴待亲戚宾客时，村上专门举行了一个表彰仪式，村里最德高望重的东义老人，将代表所有乡亲和患者家属心意的一条大红的被面，郑重披在了一身白孝的槐娃身上。搭红，是村子代代流传的对孝子和有功德、有贡献的人的最高的礼遇和表彰。

头发花白的槐娃，面对桑梓乡亲们淳朴的目光，郑重地给母亲的遗像鞠了一躬，给为他披红的老人鞠了一躬，给所有在场的乡亲们鞠了一躬。

处暑记

处暑之日鹰乃祭鸟，
又五日天地始肃，
又五日禾乃登。

沟里氤氲着淡淡的雾气，像一个人迷茫的心绪。河道里绿叶葱郁的白杨树安静不语，田里铺排一片的玉米安静不语，菜地里的蔬菜安静不语。雍峪沟没有说话的欲望，在今天。

妈翻了两道山梁，去帮姨家摘花椒去了，家里的黑头门挂着锁。门环，像两只眼睛，看着前方。门环的眼里，一绺子韭菜，蓬勃而起，绿森森的，一叶一叶细如发丝。几株指甲花站在旁边，点点繁盛的小花朵，拥缀在枝叶上，红艳艳的，着实可喜。旁边的地里，整理一新，尚未播种，留下一片平整的黄土。一株指甲花，就站在这片地里，落艳在地里，染亮了地。这片地，就像衬托这株花。就像，老寺院里的一片空地，为衬托一棵千年银杏一样。小时这个时节，妈摘了指甲花放在白瓷碗里，放了明矾捣烂，再在崖头垂下的构树枝上摘几片叶子洗净，用构树叶子包了花浆裹在妹妹的手指上，再用细针线扎了。妹妹一晚上操心，想看看红了没有，妈连哄带吓："莫动莫动，动了就成屁红了。"第二天清晨，取了裹叶，看着红艳艳的指甲，妹妹的脸红扑扑的，感觉自己像电影明星。如今，妹妹已在外成家。家里无人染指甲了，妈还让指甲花年年红在门前。西红柿，似乎长野了，叶子密密麻麻，鹌鹑蛋似的绿果子也密密麻麻，挤在架上。两株黄瓜、一株铁扫帚，有半人高，簇拥一团。河边的竹子，拇指粗，一丛丛的枝叶，从杂树的空隙间摇曳出来。而头顶，高大的杨树、国槐、梧桐的树冠，将河道拥簇得严严实实。

这样的时节在雍峪沟，穿着短袖长裤，感觉舒爽。记得去年我也是这个时节回来的，那时，妈和三姑、东姨、成嫂几个人坐在门前聊天，今儿竟无一人，空荡荡的。远远地，三姑夫在他家门前，望着河树，看了一阵，又不见了人影。

妻找出钥匙，开了头门，我们进了院子。老井旁的碗口粗的核桃树，枝叶繁茂，一嘟噜一嘟噜的核桃坠在枝上。核桃，有单个的，有两个一对的，有三个挤一堆的，看个头都已长成。有一个枝条，斜落下来，到人的眼前。女儿瞅住上面的三联核桃，就跳起来，一把拽住枝叶。我说："奶奶会给你留着的。"她不好意思地松了手。往上看去，核桃树冠，罩住了半个屋檐。十几年前，爹妈走山时在草丛里捡了颗发芽的核桃，带回随手埋在院里，不承想慢慢长成了这样一棵大树。现时吃核桃，还是有些早。院子里，妈栽了几株黄瓜，蔓已扯到架顶。疏疏朗朗的大叶片，聘婷如扇，几株黄花儿大大方方开放，颇具风姿。黄瓜叶、葱叶，都有些干，我赶紧拿脸盆从水龙头上接了水，泼水浇了。

一阵，我出了门，顺着小路，走到了下河的地里。田埂旁的小路，被芨芨草、莎草抢占，踩上去，绵软。空气中弥散着一种草木的清香。旁边猕猴桃地里，树叶快落光了，毛茸茸的果子挂在水泥桩撑起的架蔓上。大片的玉米，一行行，密密实实，天花上带着黄莹莹、白森森的花粉。玉米棒儿，细细的，才抽出一撮撮嫩嫩的红中带白的缨缨，挎在玉米株半腰。拐角处，是妈种的几行辣椒。渠中的水过时常常溢出，这几行辣椒就长得旺。一笼笼树叶间，吊着一簇簇的长线椒，绿的温润似玉，红的夺目似火。我挑着摘了几把，拿回让妈炒着吃吧。我爱吃辣，越辣越爱吃，家里人、村里人、陕西人都这样。听说，辣椒刚从外国来，是当花卉看的。没想到，在陕西成了一道菜，秦椒的名气出去了。小时，辣椒刚出嫩角角，自己就馋得不行，偷偷摘来，洗了用刀剁碎，夹在馍里吃，或者和了辣子水水，再把这新椒段放进去，蘸着吃。待到成熟一些，妈用菜油炒绿辣子，夹锅盔馍吃，那个辣呀，烧呀，香呀，从口齿直熨帖到肠肚、胃里、心里！

晚上，雨来了，凉凉的。村庄寂静，听不到鸡鸣。鹅的叫声，也多年未听见了。

村无鸡鸣

乡村寂静。房屋还在，人影儿不见几个。就连鸡呀、狗呀、猪呀、牛呀、羊呀这些家禽家畜，也消失了踪影，仿佛不辞而别似的。它们去了哪里呢？狗或许去了城里。我在城里见了大大小小的狗，胖的、瘦的，毛长的、毛短的，有些被男人牵着，有些被女人抱在怀里，有些凶神恶煞，有些娇小还穿着裹兜，比村里的娃待遇还好。

那么鸡呢？

30多年前，村里几乎家家养鸡。春天日暖，老母鸡引着一伙毛茸茸的小鸡娃，出了院门，到河道边觅食。人的脚步一近，母鸡就鸡毛飞奓，怒目相向。夏天太阳毒辣，有些鸡在门前的树阴下歇凉，有些在河边低头喝水。秋天树叶飘落，鸡赶到柿子树下，在层层叶片中寻找虫子，也将掉下的碎柿子鹐几口。冬天雪落，鸡起得早，将一行花脚印留在雪地里。庭院，门前，路上，坡上，地边，常常见到鸡们，或散步，或觅食，或凝思，或张望，它们也是活在村庄的成员。

鸡是村庄的女人养的。女人爱这些小生命，它们也与生活息息相关。

那时，生活苦，村人日子都过得紧紧巴巴。家里的鸡下了蛋，攒够了一小篮子，就提着，翻山越岭，到附近一个三线工厂的市场里去卖。卖的钱，给家里割些豆腐，买一小块肉，买半斤菜油，或者买一双手套、一双袜子、一个帽子给男人或娃娃，那是能安顿好多事情，给一家人带来许多欢乐的。男人们有时看着鸡飞上飞下、叫来叫去，或者一踩一脚鸡屎，颇烦，捡起笤帚就向鸡抡过去了，鸡吓得跑着跳着躲避。女人就及时出来，喊呼一声，拦挡，保护鸡。待到男人生日时，看到挂面碗里两颗圆圆的女人都舍不得吃的荷包蛋时，还能再说什么，满心里是对女人的情意。

女人在鸡和鸡蛋上盘算着一家人的油盐酱醋，所以爱鸡，重视鸡。早晨早早放它们下架，在人吃饭之前，先给鸡喂食；晚上，在关上家里大门之前，先把鸡舍的门扣紧，预防黄鼠狼来作案；有时半夜听到鸡舍传来的鸣叫，不顾睡觉也要打着手电去瞧，看是不是有人偷鸡，是不是黄鼠狼吓着鸡，或者老鼠蹿进了鸡舍。村里的女人们懂鸡的喜怒哀乐，总是操心鸡像操心自己的娃一样。鸡受伤流血或者出什么事故，那就是村庄的一件重大血案。

各家养鸡，有些圈养，有些散养。散养的鸡在门前屋后，在小河上下，在崖头树林等地寻食，吃饱后傍晚回家。有些鸡就跑到麦田里鸽食麦叶。村庄房边有一处麦田，是南头高家的。这一年春天的一天下午，东姨突然发现，那麦地里趔趄着几只鸡。她上前一看，鸡已僵硬，倒在地里。共发现了7只鸡，东姨认出有3只是自家的，1只是我家的，另3只是另三家的。这是高家人嫌鸡去麦地里，在地里撒了老鼠药。东姨赶到高家，直接将3只死鸡掼到院子，大声哭骂，鸡到地里，赶赶可以，也不能下此毒手呀，心瞎成啥了。不知道高家谁下的药，本来以为自己很占理，但事到如今，躲在屋里不敢出来，也怕别人给自己家的鸡下药。本来是鸡的事，到最后就成了一家人的心毒。另外几家人，在自己门前也大声骂。妈走亲戚回来晚，没有找上门去，但心里也不高兴。高家人有一段时间，都不敢到北边来，家里过事，这几家人也不去上礼帮忙，余波几年都没消化。高家人惹下了鸡，也惹下了养鸡的女人，也惹下了半个村庄的人。鸡的事，在村庄，看似小事，却敏感得很。

女人对鸡有感情。到了腊月，妈准备将养得肥肥壮壮的两只公鸡卖掉。早上将鸡从鸡舍往外放时，手伸进去，抓住一只红的，提了出来，让我用绳子将双脚给绑上。然后，伸手去捉另一只白的。白公鸡一看事下不好，在里面飞跳躲避，妈费了很大劲儿才将它捏住，抓出来，绑住。鸡贩子到家里来，过秤，给钱。妈将几十元纸币拿到手里的时候，看到鸡被绑的模样，心里一软，又不想卖了。爹对贩子说，赶紧拉走吧。鸡卖了钱，妈没有预想的高兴，心里倒空落得很。尽管这两只公鸡都不是省油的灯，经常鸲仗，打得头上都流血，有时还欺负母鸡，抢别的鸡的食，妈没少骂也没少打它们。但一想到它们要被拉去杀了吃肉，妈还是心疼得不行。

说到吃肉，家里很少吃鸡肉，尤其是主动杀鸡吃。村里人过红白喜事，才能吃到鸡肉。最初是鸡块，后来生活好了，才上整鸡。但都是街集上买来的，也很少杀自家的。我印象最深的一次杀鸡还是那次鸡被药死后。卖卖不掉，扔了又可惜，那就杀了吧。这事儿我来做。我烧了开水，将鸡毛烫了拔干净，然后提到河边，用斧子将鸡头剁掉，再用刀片将鸡肚子划开，将肠肠肚肚清理干净，尤其是将鸡嗉子浑全摘掉，仔细洗净鸡身，并挖坑将内脏埋掉。鸡肉是晚上煮着吃的，爹上手来做，妈没有插手，也没吃，她吃不下去。

我后来离家上学，在外多年，对鸡的关注少了。但是读书、看电视，再看到鸡，常常感到有兴味。"鸡鸣桑树巅"，是陶渊明归园田居后的目击。随着鸡一声长鸣，桑树枝叶晃动，这一切似乎都在眼前。鸡里面的确有比较野的，能飞上树，还能飞上墙、飞上屋。一年，家里一只小公鸡，不知怎么，三飞两跳，上到了屋顶上。它在屋脊上，和两只白色的水泥鸽子说完话后，要往下飞，没胆量了，就在屋脊上徘徊，走来走去，既像一位正在沉思的哲学家，又像一位想不开有自尽念头的抑郁症患者。一个暴雨如注的秋夜，两只鸡吓得歇在河边一棵斜生的洋槐树上，瑟瑟发抖。父亲穿着雨衣，母亲打着手电，边呼唤边用一根木棒接引，才把它们抱回家。一次，我去山梁上一个陌生的村子，一个老奶奶独居在那里。天已擦黑，她门前有一棵粗壮的核桃树，4只鸡整整齐齐地蹲在树枝上休眠，像鸟儿一样。鸡本身是由鸟儿驯化而来，飞上树的鸡保留了鸡的天性。当然要飞的更高的时候，还要有本事软着陆。当年那只小公鸡怎么从屋顶下来的？到了傍晚，鸡和人都束手无策。这时，不胜其烦的我，从地上捡起一颗石子，瞄准它就飞了过去。小公鸡一见石子飞来，受到惊吓，慌乱间振翅飞起，"哗"就落到了院子里。身子打了个趔趄，稳住后，弹了弹羽毛，就轻轻走了，啥事都没有。这只小公鸡，在这一刻成为真正的雄鸡了。

村里人养鸡，多是十几只，最多二十来只，规模好像不是很大。这是受一家一户的场地等条件的限制，特别是孵小鸡是麻缠事，得20多天，一窝放不了太多鸡蛋，其中还有折损。我小时就梦想，家里能养好多鸡，母亲就能收好多鸡蛋，那我们就有钱割肉买菜，买新书包新衣服，过好日子了。后来发现，中国古代，就有养鸡赚钱的人了。刘向《列仙传》记载，"祝鸡翁……居尸乡北山下，养鸡百余年，鸡有千余头，皆立名字，暮栖树上，昼放散之，欲引呼名，即依呼而至，卖鸡及子得千余万。"看来，在养鸡致富这一点上，我的想法太保守，尚不及古人。这鸡是晚上栖在树上的，这是原生态绿色养殖法，养出来的鸡在现在肯定能卖大价钱。最有意思的是，一千多只鸡都有名字，起一千多个名儿，那也是要绞尽脑汁的。这是我最发愁的地方，平时我给我文章中的人物起几个名儿都觉得难肠的。

我常常以为鸡和犬是村庄的标配，一想到鸡，脑筋马上就转到老家雍峪沟去了。但鸡不光与家有关，还与国有关。自雍峪沟往西几十里，有一山叫鸡峰山。传说秦文公得陈宝而祀，后来称霸，鸡是祥瑞。安史之乱时，唐玄宗在秦岭被叛军追击，无路可逃，两只山鸡为他引路，甩掉追兵。到了至德二年，肃宗闻陈仓山（鸡峰山）金鸡鸣瑞，就把古陈仓更名为宝鸡，就是现在的宝鸡市。现在鸡峰山上还有一只铁鸡，是清朝的。宝鸡之鸡，是秦振兴、唐中兴的吉兆，直至今日都为人乐道。

十二生肖中有鸡，家里妹妹就属鸡。《韩诗外传》说，鸡有五德：首戴冠者，文也；足搏距者，武也；敌在前敢斗者，勇也；得食相告，仁也；守夜不失时，信也。这观察得真到位，说得真好。过鸡年家里贴窗花，窗花上就有大大的两只鸡，一只公鸡，一只母鸡。我问母亲，为啥窗上要贴鸡，妈说，怕你和妹妹两个睡懒觉，鸡叫你们早起哩。我等了一年，这两只鸡都没叫一声，倒是院里的鸡把人吵得烦。

鸡这么好，自古及今，人们却常常会想到肉上去。《孟子·尽心上》说："五母鸡，二母彘，无失其时，老者足以无失肉矣。"这是一家赡养老人或者老人自养之计。"故人具鸡黍，邀我至田家。"这是友人热情的相邀，孟浩然的诗中有着田园生活的恬静，对于养鸡的辛苦，不知道孟诗人有没有体味。而国家，也把养鸡用于战争力量的培育。《越绝书》说："鸡山，豕山者，勾践以畜鸡豕，将伐吴，以食死士也。鸡山在锡山南，去县五十里。"鸡，已经是一个剑拔弩张的战争元素，不再在老子"邻国相望，鸡犬之声相闻"的安逸的气氛中。这些是雍峪沟里养鸡的女人们所不能想到的。

鸡在雍峪沟，是女性化的、家庭化的，是温柔的，也是与生活的烦恼搅织在一起的。历史上有一件事，倒让人感到亲切。在汉初，刘邦打下江山，他没有把父亲接到长安来享荣华富贵，而是为父亲造了一座城邑新丰，可能是父亲太恋乡土。有意思的是《西京杂记》说的，"高帝既作新丰，……放犬羊鸡鸭于通涂，亦竞识其家。"这些鸡呀、羊呀，放到通途，他们也能找到各自的家。这是多么温暖的一幕。皇帝他老汉恋的也是家呀，有这些犬羊鸡鸭相伴，老汉才能找得到自己日子的滋味，皇宫里的生活那可不是自己的。家里有鸡，村里有鸡，城里也有鸡，有鸡就有生活。"白骨露于野，千里无鸡鸣"，待到统领大军征战于乱世的曹孟德写下这样沉痛的诗句的时候，人间已经变成地狱。但"风雨如晦，鸡鸣不已"，即使在最晦暗的时刻，鸡鸣总是希望的声音，人们期待着美好和幸福。

　　说了这么多，与雍峪沟的鸡有多大关系呢？没多大关系。雍峪沟的鸡不关心这些，养鸡的女人也不关心这些。近些年，村里的女人们也忙了，或者出门打工，或者进城帮子女带娃，渐渐都顾不上养鸡了。村里人吃鸡蛋也是买。养鸡的人，在远离村庄的地方专门办养鸡场，供城市也供乡村。现在，回到雍峪沟，路上和庭院，碰不到一只鸡，怎么走，皮鞋都踩不到一摊鸡屎。村庄干净了，也清静了。

　　没有鸡的村庄依然是村庄，生活还在这里继续。

白露记

> 白露之日鸿雁来，
> 又五日玄鸟归，
> 又五日群鸟养羞。

　　傍晚时分，攀上山梁。蓝天上流连着浅淡的白云，若有若无，像茶水的清香的余味。南山重峦叠嶂，分外清晰，视力像猛然好了。近处塄坎上，一株小洋槐树叶子淡黄，灿亮在一团阳光里，每一根叶序脉络都清晰优雅，每一片叶子都如蝴蝶展翅欲飞。站在坡上的依然是夏季的洋槐、玉米和野草，承载一种沉厚的绿色。夏天的时候，看到它们每一秆身子，每一片叶子，都在散发热气。今天，阳光依然照耀它们，但天地之间散发一种清凉，我心里甚至隐隐感觉到冷了，薄薄的长袖衬衫也不能让心里展拓。

　　梁西半坡上缠着一条路，是水泥的，但有些地方已经翘起，有些地方卧了深坑。路的远处，簇着一群人家。走了二里地，沟是越来越深了。

大路在一丛碧绿的竹子那儿分了岔。竹子的竿子青森森的，叶子绿绿的，一株一株分外精神。这里大概有十几户人家，分了几层住。人家是砖瓦房，大红铁门，门大多紧闭着。门前长着高大的白杨树，给路站岗。一条黄狗溜达来溜达去，不知是谁家的。

　　路边地里种着菜。几行茄子株壮叶大，吊着紫红色的圆球。一方韭菜长得旺盛，细叶高挑，一朵朵雪白的韭花儿，娉娉婷婷。红薯蔓扯得长，叶子重重叠叠，密密实实，拥挤在一起，不知能否结出大疙瘩的红薯来。几行辣椒，挤成一疙瘩一疙瘩，吊着一条条紫红的长线线辣椒，下部的叶子稀疏偏黄，像一只只褪毛的火鸡单腿立在那里。几架刀豆，只在架子顶处缠着蔓和一簇黄绿相间的叶子，凋谢殆尽了。在这一方方菜地里，我看到了春的勃发，夏的葳蕤，秋的收获，冬的凋零，还看见雨水的滋润，干旱的煎熬，看见了主人的勤懒，看见了不同蔬菜在这山谷多半年的不同的命运。

　　我望见对面，漫坡皆被绿树覆盖，几户人家坐落其间，一条小路将这几户人家连接，像画中一样，我心生羡慕。往沟边走了一下，一片地里枯干的玉米站立在那里，像被收缴了武器的俘虏兵，没精打采。下一片地里，小白皮松苗儿，站了一地，精精神神。再往下，是层层撂荒的梯田，小路往下七扭八扭，被拉拉秧等杂草绊缠住脚步。深深的沟谷，被透迤的树林罩住，看不见底。

　　我只得停下脚步。再望南山，更清晰了，道道山岭，漫漫如海。

唤出野草的名字

每一种草都有名字，就像每一个村庄都有自己的名字。

在雍峪沟里，村庄的名字，祖祖辈辈叫了无数回，熟悉得睡着都能摸着影儿。雍峪沟里的草，在我的脚边，一年年长叶，一年年开花，许多我却叫不出名儿。

今年，对这个村庄的人来说，地球上最大的事是这个村子丢了自己的名儿——村子被撤并到邻村，公章被收缴销毁，这个村子的名字在政府的公文里从此消失了。

这个村庄的正式名称"金台村"在村里人的口中还能说多久，那是个未知数。一个村庄，丢了名字，就像丢了魂儿一样，是件可怕的事。

以前，村里的孩子受了惊吓，失魂落魄。村里的神姑叫魂，都是大声唤名儿，然后再喊一声"回来！"。叫一个人的名字，才能把一个人的魂儿唤回来。唤一个村子的名字，才能把一个村子的魂儿叫回来。

现在，我回到这个丢了名字的村庄，发现塄坎、小路、河道旁的好多野草，是我叫不出名字的。在我这里，这些野草就像没有名字，尽管我们共同生活了好多年，尽管在我离开这个村庄的这么多年，它们依然守在这个村庄。在我的话语中、文章中，多少次，我以一个词"野草"带过，今日想来，这是多么潦草！

我在这个村子生活，受了不少的罪。这个村子的名字，似乎并不是多么荣耀的字眼。但当村子丢了名字的时候，我才意识到名字对村子、对我如此重要。没了这个名字，西坡埋着的那些祖先的过往，便无从依附，就像未曾在这个山沟里生活过。我和村里活着的人的往年的生活，也会像野菊花的花瓣一样被风撕碎吹散。我们会丢失自己的童年，我们也会找不见自己。

我要和村里人一次次大声呼唤村庄的名字，让它的名字活在我们的口中，活在这片土地，活在这个村庄，让它的魂儿守在这里，不至于飘散。

野草，我也要一个一个认识它们，轻轻唤出它们的名字，由口涩到熟练，由陌生到熟稔。让它们也记下我和我的呼唤声，在我叫它们的时候，在微风中点头回应。让它们的名字飘荡在村庄和田野，让它们的魂儿和名字一起守在小路、堎坎、河道，活在这个村庄。

谢谢微信中的识草软件，每拍一张图片输入，它就给我报出一种野草的名字，给我详详细细介绍草的秉性、特点和功用。我在村庄和田野行走，看着手机，轻轻唤出它们的名字——

莎草。它另一个名字，雀头香，听着就高雅。还有个名儿叫地毛，就像乡野的土名儿。它长在通往下河地的路上、渠边，一根根似绿色的秀发纷披，是牛爱吃的。小时在河边路边寻着割，坡上的干，河边的湿，牛吃着滋润。现在村里牛少，莎草就占领了路面，踩上去绵绵的，让田野有了诗意。

蒲公英。村里人不叫它这个大名，所以小学歌里唱它的时候，不知道说的就是渠道边站着的它。绿色的茎秆上，撑着蓬松的白花球，一掐，枝干渗出白白的汁水。"扑——"一口吹去,它的毛儿飞起来,洋洋洒洒。有人将它泡水喝治疗喉咙的发炎。

野胡萝卜。在进沟的大路边,长着一簇。在西坡地头,长着一片,站在枯草地里,似撑着一顶顶小白伞,高高低低直攀到半塄坎。细看,却似白色的繁星点点,密密麻麻。胡萝卜的花我见过,要干枯后收集,来年做种子。野胡萝卜的种子,就自熟自撒,在山野漫生,却不曾见结出萝卜来。

打碗花。也叫喇叭花。崖头地里,一朵朵花儿,张着口,在杂草里呼喊。花儿粉中带白,形似喇叭,蕊粉嫩似芽。我小学时在花坛里看过喇叭花花开,紫色、红色,润湿着一种旖旎之气。野地里的喇叭花,却像乡村的小女孩,有一种淡淡的清香的美。打碗花这名儿最常听见。在成人的世界里,打碗花是不好的,打饭碗可不是一件玩笑事哩。

一年蓬。还叫千层塔,喜生肥沃向阳的土地。崖头路边的草丛中见它,一株绿枝分成几个枝丫,每个细枝丫上顶着一朵指头蛋大的花朵。黄色的花盘像向日葵,四周围着白色的花絮,花絮似张未张时,娉娉袅袅;完全张开时,似一轮太阳发出白色的光芒。这小小的花儿,有它细碎而精致的美。它是能消炎的药,也被列入外来入侵物种名单,是有用的"敌人"。

灰条和绒花,是忠厚的,无刺,能食用,是很好的野菜。刺芥,边缘长着刺,能划破人的手出血,最大的功用却是能止血。在不远处的一家制药厂,有一种名为"止血宝"的药,就是以刺芥为原料的。大车前,长着勺子一样的绿叶,结着五味子串一样的籽儿,长在雍峪河边,也是药。扯来扯去,笼罩了场边渠道的是割人藤,无用。白花苜蓿,以前好像叫酸滴滴,那是尝过味之后命的名。长在河边的绿生生的蒿草,常常被人认作艾,其实不是。村里人叫它水蒿。艾,面青背白,气味大。现在,村里人已经采了许多,有人来收呢。捋下叶子,在门前的水泥地和房檐台上晒，这是很好的药。

……

  我在村野行走，呼唤着一株株野草的名字，端详着它们的姿容，欣赏着它们的色彩，闻着它们的味道，回忆着它们在我生命中出现的过往，掂量着它们早前被我忽视的价值。唤出它们的名字后，它们从成千上万的野草中出列，进入我的视野，进到我的心中，为我所知。它们不再作为背景，模糊在山河之中。它们好多是响当当的药，载入药典，但活在这个偏僻的山沟沟里，不为人知。有些虽不能入药，却也作为一种生命，每年春来勃发绿色，让这里的黄土地变得富有生机。在我不在这个山沟的日子里，这些野草们，替我守着村庄。

  它们的名字，应该被我一一唤出，大声唤出。今日，我就大声地呼唤它们，让它们听见，让旁边相邻的草们听见，让这块田地、塄坎听见，让山梁、小河、道路、树木听见，让村里的大人娃娃听见，都记在心里，然后见了就能大声唤出。

  这个村庄，只有溺死的娃没有名字，活着的人都有名字。不能唤出名字，只是你不知道或者忘记了他的名字。活在这个村庄，每一条狗都有名字。不认识的草没有名字，认识了就有名字了。

  有名字，名字就应该大声叫出。叫出名字的时候，灵魂也在这个世界呈现，它们以活生生的生命个体存在于人的面前，有自己独特的美，不能被忽视。

  今天，当故乡失去名字的时候，我更迫切地意识到——

  大地上每一棵草的名字，都应该被叫出。让"野"不再成为掩盖人的潦草和疏忽的前缀，让这棵棵草以自己的名字被看见，被呼唤，被怜惜，被温柔以待。

  我们呼唤着祖先无数次呼唤的草的名字，我们张着同样的口型，发着相似的声音，呼唤它们，以它们为食，以它们为药，这是几千年时光的扭结。我们呼唤着那些被我们的先辈带着情感命名并呼唤的名字，理当心存一种温存的敬意。

大地上每一个人的名字，都应该被叫出。让这个人不再是模糊的面孔，不再和其他人混同，或者成为纸上的一个笼统的符号。让他以自己的名字，以这块大地上独一无二的这个人被看见，被呼唤，被珍惜，被公正以待。我们呼唤着那些别人的父母、我们的同类带着期望命名并呼唤的名字，理当心存一种温存的敬意。

秋分记

> 秋分之日雷始收声，
> 又五日蛰虫坯户，
> 又五日水始涸。

今儿秋分。秋天，分成了两半，前一半已经过去，还留一半在雍峪沟里慢慢过，像醋，像酒，让人慢慢品味。前时雨水多，淋在草尖、树梢、玉米叶子上，湿在路上，粘在土里，像一道凉菜浇了太多的汁水，看着心里就发冷。但偏有老汉好这一口，最后把这碟子端起，将菜汁一仰头喝了，这是活了一辈子深爱这味的人。年轻人，还是心里督乱这秋雨，渴望着爽朗的天。

今天阳光很好。看样子，秋分是要将雨分在今秋的前半场，而把阳光带向下半场。外套穿着有些燥热，心里也温暖起来。坡上的玉米有些已经掰了，平地里的大多还齐刷刷地站着。但自家下河地里已经打着干净，那是一片沙坡地，玉米长得矮瘦，又受了旱，早早黄了。剥好的玉米粒儿已经晒在了门前的水泥地上，黄澄澄的。邻居家门前，连皮的白玉米棒堆得像土堆，剥了皮的玉米棒扔在水泥地上，一颗挨着一颗，像密密麻麻的黄鱼儿，一半在晒太阳，一半在树阴里吹风。旁边还有一坨红芯芯，干得快能烧火了。玉米棒在地里长时，是绿的。到成熟能掰时，便变白了。剥了皮，露出了黄棒儿。剥了玉米粒，露出的是红芯芯。红芯芯的中间，还有一道绵软的白芯芯。用细竹梢子穿进去，还可以用来扎树叶，这就是小时玩的了。玉米在单调的一生中，也呈现丰富的颜色，就像祖祖辈辈在山沟里生活的农民的人生。

今年家里种的玉米少，提前收了。小时，家里种了好多玉米，每年的秋分、中秋节，都在忙秋收。记得一年中秋，到了后半夜，还在剥玉米皮。玉米棒儿有些留几片叶子，抹成一束，妈再将它们几个一起辫成一爪一爪的，摆在地上。父亲搭上梯子，将它们挂在房檐前的铁丝上。玉米就一抱一抱地上了房檐，煞是好看。光玉米棒儿就用篅笼提上，装仓。仓是栽了几根椽子做柱子，用细洋槐棍子当挡杆，一层层垒起来的。装一阵玉米，再垒一阵挡杆。最后，实在瞌睡得不行才去睡觉。这还不是最重的活儿。掰完玉米，玉米秆挖了撂在地里，偏又下雨。玉米秆未干，本身沉，添了雨水，更沉。硬撑着往地外扛玉米秆，叶子刷得耳朵和脸火辣辣的，全身湿透，困乏至极。现在地少了，活儿也轻了。

到了这个时节，草木的绿色显得深厚。渠道边，河边的地里，掉落了一层杨树的叶子，都黄了。树上的叶子，泛出淡淡的黄色，主体还是绿的，只不过有些燥干。这河边的杨树，一年不知道要长多少叶子呢，自己恐怕也数不清吧。塄坎的草正绿，河边的草叶正旺，它们还没有觉察到秋的凉，比杨树要迟钝。柿子树上，躲在枝叶间的一疙瘩一疙瘩的柿子，已经绿中带黄。院中的核桃树，核桃已经卸掉，枝叶短了不少。那条吊到院中、女儿跳起可一把拽住的核桃枝，被父亲修剪了。女儿看见，说不定多遗憾呢。房檐台上，母亲晒着辣椒，红艳艳的，似火。后院地上，生着一层青苔绿草，绒绒的，甚是可爱，让人怜惜。

今儿早饭吃得晚。一盘炒绿辣子就馒头，吃调凉粉、炒蘑菇，喝红豆稀饭，浑身洋溢着淡淡的暖意，秋天的凉意似乎慢慢散去了。

往西走

在村里丢失的东西，都往西去了，往西走，可以找到。

村里死去的人，埋在了西坡，据说魂儿去往西天，往西走说不定可以撵上。

科学家告诉人们，人的意念和灵魂不会消失，会作为一种气息和信息，以粒子和波的形态在宇宙的某一块云团中存留。不知道人走在宇宙中，会不会找见故人。

我看雍峪沟上空的云团，这一朵或许就含着地球另一面某个人的意念，另一朵或许就含着二百年前的某个人的意念，它们飘到雍峪沟上空，我不认识它们，它们也不认识我。

太阳把白天的村庄，摄入眼里，带往西方，把村庄的影子投在西边的大地上。这些影子，被某些人当梦梦见，就在另一些地方生长起来，长在另一个相似的山沟里。月亮又把夜晚的村庄，摄进心里，投在那个生长出来的村庄，让它找到自己的气质。

父亲拆了我们的土屋，盖了砖房。我们的村庄，拆了土墙，盖了砖房。

但往西走，我们土房的村庄仍旧在那里生长，还没有活够自己的寿数。

往西走，一棵老洋槐会找见几十年前仍年轻的自己长在塄坎。

往西走，一棵长粗的草会找见那个腰身还细细的自己长在坡上。

往西走，丢了的那只黄狗跑进自己还小的时候，在另一个农家院里撒欢。

往西走，我看见那些老去的前辈亲人，他们穿着旧时的衣裳，活在旧日的村庄。

往西走，我看见那些在村庄里消逝的人，重新找到自己的村庄，重新活回自己。

往西走，树越来越矮小，草越来越短小。再往西走，树木不见，只剩下稀薄的荒草。

从西往东走，看见越来越大的自己，

从东往西走，可以找见越来越小的自己。

一天，我在村庄看一本书，书说：

有一条河叫黄河，河里的水，往东走，看到越来越长大的自己。它想看自己小时候的模样，就往回走。它跃上龙门，冲上壶口，转九个大弯，赶回高原上的草原，在那里看到漂亮清纯的少时的自己。

有一座山叫秦岭。它往东走了几万年，想回去看看过去的自己。它派出一只叫青鸟的鸟儿去看。青鸟沿着秦岭的腰身往西飞，飞过祁连山，飞过天山，飞到最高的众山相聚的地方，秦岭原来是它们身上的一根细细皱纹。

我合上书，想门前的山梁，想我门前的河水，想我生活的这个村庄。

有一年，我看着云上的唐僧、孙悟空、猪八戒往西走，就在山梁之上。山梁一定有话说给我听，我没有听见。

有一天，我去河里担水，那天，一朵水激起浪花，向上游张望，哗哗对我说话。现在，我才懂得，那是从大河里回来探亲的一朵水，我见过它，它给我说话呢。

有一年夏收的时候，我犟嘴，被父亲提着柴棍撵出家门。我往西走，一直往西走，在西边的麦草垛上睡着做梦的时候，还在往西走，走啊走啊，一直走到一个村庄。那是好多年前的村庄，我推开一户熟悉的家门，睡到熟悉的土炕上做梦。睡完，我又起来，关上门，悄悄走出村庄，还回望了一眼。我往东走啊走，走回麦草垛，走出我的梦，走到雨点飘下的半夜，走进父母焦急的呼唤里，他们不知道我已经在西边遥远的土炕上睡了一回，还做了一个梦。

有一年，村里的一个人往东走，走得太远。忽然想起，他把什么东西遗忘了，这就是他的脚印。他回头一路往西寻找，寻找自己的脚印，但是路上牛的、马的、人的、蚂蚁的、树叶的脚印密密麻麻，风还篡改了许多。他找寻不见，回到村庄的时候，鞋子没了，脚印还没有找见，他哭了。他不知道当初自己为啥出发，幸亏归来找见了家。

有一年，一头牛往西走，看到自己的脚印，那脚印越走越小，越走越小，直到200千米以外一户人家门前。它朝着院里张望，看见一头和自己的模样一样的母牛站在院子里，微笑着看它。它找到了自己的母亲。

有一年，夏季的一天中午，一朵灰云急着往东赶去。到了第二天上午，垂头丧气地回来，脸煞白。它在山梁上歇脚，一阵风看它累，想送它回家。它说，它兜着一兜儿的雨水，去往东边的一个地方下，路上太困，打了个瞌睡，雨水提前漏在了一个山沟。它回去没法向派它出去的云交差，往西的路，它要慢些走。

村里日子一天天摞在一起，像树把年轮箍在自己身上。人们白天在村里生活，想念以前的自己了，就往西去寻。有些寻见了，还有些脚功不行或者带的干粮不够，没有找见就回来了。还有些人，怕自己剩下的时光不够用。

有一回，在人们往西走的时候，我急急地往东走。走啊走，在路上，看到前面一个身影弯腰缓步向前，那是我苍老的背影。

寒露记

>寒露之日鸿雁来宾，
>又五日雀入大水为蛤，
>又五日菊有黄华。

别人起来的时候，我还在睡眠中。我起来的时候，太阳已经照在庭院的核桃树上，很好的天气。

饭后，顺着崖边的路上坡。塄坎上的构树，叶子已经泛黄，有些卷曲，有些被虫子吃出许多眼眼。洋槐树的树枝交错，有些叶子黄了，随风飘落，掉在草丛中，有些叶子还绿着，但有些干涩。还有一棵树，叶子是嫩黄的，仿佛刚生长出来。每棵树都有自己的成长轨迹，都有自己的季节。每一片叶子心里，都装着一枚属于自己的钟表，顺着自己的指针，慢慢黄。

一片角地，种着菜。茂盛地绿着的是白萝卜，从地垄中拔出青色的半截身子，叶子高高地在头顶簇拥着，占了一面炕大小。红薯的叶子有绿有黄，干燥的土地裂开了口子，看来结出了大家伙，含蓄不住了。南瓜蔓爬在篱笆上，仍然扯出几朵黄花，在小瓜苗上张开口，想要说话。不知道它们要说什么，是要冬天慢慢来，让自己长大，还是让太阳好好晒晒自己，它们已经喊得口干了？路边两根匍匐着的绿蔓上，红色、蓝色的牵牛花，也在张着口，却似舞台上的演员，衣裳艳丽，轻盈中张开五角的图案，点着蕊，花瓣儿像绸缎般光滑明亮，没有南瓜花儿的质朴。旁边柿子树的叶子依然干绿着，大红的柿子被人卸去，有些枝叶也折断了。只在高高的枝隙剩下孤零零的一枚，大概是够不着，所以留给雀儿了。人做事，给天给地，给人给鸟儿，都要留余地的。几株花椒树，大拇指粗，刺直挺挺的，一片片叶子微卷，那些红壳壳子花椒果儿，就灿亮如火，不，像颜料染过一样，比火的颜色还深还醇厚，让人眼前一亮。它有个名字：大红袍。

在阳光里走着，眼睛似乎都亮堂了。没有见着早上的露，更没有感到寒冷，甚至还有些热。但到这一天夜里，忙完事，从外面回来，感觉上身发冷，裤管里空荡地灌着冷气。这寒露节气一来，气候还是不一样了。

过了两日，朋友见秋阳高照，约去山里。去的那一日，却云雾漫扯，下起阵雨。路是沿着河进山的。路边林地里，一年蓬张着白色的花伞，星星点点；九里明撑开金黄色的花瓣儿，蔓延一片。河边草青青，水潺潺溪溪滑过河底黑色的石苔，河中傲起的大石头上结着厚厚的青苔。间或一片石崖从绿林中露出来，黝黑的花纹，像泼了墨。在平敞的地儿，散落着人家。没有院墙，收获的黄色玉米棒儿，一长串一长串挂在房侧的木架子上，成为青山绿水之间一道亮丽的景色。几只肥鹅，踱着步子，在院子漫步。房子是土墙青瓦，烟熏火燎，男主人抱着胳膊，站在屋檐下，沉默地看着。

再往前去，一棵粗壮的核桃树斜在路边，叶子零落殆尽。地上还掉着几颗带皮的黑核桃，用脚一踩，皮儿掉了，核桃上还沾着黑絮絮，这是经雨久了。路边一块地里的黄豆已经干枯，一棵棵挂荚直立，也许是要经霜才收吧。顺手摘下一荚，四粒黄豆从翘开的豆荚里滚进手掌心，浑圆可爱。不小心，一粒从手指缝掉下，在路上蹦蹦跳跳。一颗一颗在嘴里嚼了，新鲜的豆气，氤氲在齿间。

  黄豆地根是个高坡塄坎，是一片毛栗林。毛栗树腰有桶粗，枝丫高大繁复，叶子还绿着。走过去，见树下茵着青草，一些黄叶落在草上，已经被雨水淋得湿漉漉的。掉落下来的毛栗子，像黄色的刺猬球，狼刺密张，已经裂开，间或有几颗指甲盖大的毛栗子滚落在旁边的草丛里。我捡了几颗，本想拿回去给孩子看，却没找见浑全的，只得作罢。孩子们只知道毛栗子好吃，却不知道这些好吃的果子都是从刺里长出来的。现在人们大量种植的是颗粒大的板栗子，这种似野生的毛栗子少了，但小的却有小的优点：香。听说，这里坡上的毛栗林很大，父母亲曾从山外来此拾过，但我们此次却没寻见。

  友人讲，前段时间，邻村有三个人去山里拾毛栗，结果被蜂蜇了。刚回去，觉得问题不大。到后来，疼痛难忍去求医，区上的医院已经无力医治，转到省城医院去，最后还是一死两伤。我小时去山里打野杏儿、打核桃，都遇到过蜂，庆幸逃避及时，未被蜇伤。这几年，野蜂蜇伤人的事情时不时发生，在山村生活或者走山是要特别小心的。

  到山里走了一回，知道寒气最先是氤氲在了山里，再慢慢向着山外的雍峪沟渗透呢。寒露时节，在湿漉漉的山河间行走时，人最馋的还是阳光。太阳暖在人身上，那是最熨帖的享受哩。

  择了一个有阳光的日子，又上了一回石鼓山。

宅兹中国

爬上石鼓山的时候，上午的阳光打在脸上。放眼望去，一道山脉像苍龙一般，从重峦叠嶂的秦岭伸出，一直绵延到渭河边，龙头就是石鼓山。

石鼓山位于宝鸡市区渭河南岸，是铭刻着石鼓文的中华第一古物——石鼓的出土地。如今这里矗立着巍峨的石鼓阁，石鼓阁上刻着韩愈的《石鼓歌》。石鼓阁东与之相望的是宝鸡青铜器博物院，一个举世无双的藏宝之地。在宝鸡高楼错落的市区，绿树丛林簇拥着雄伟的一阁一院，成为城市的文化地标。

20年前，我经过石鼓山的时候，石鼓山顶还居住着人家，就像老家雍峪沟里的村落一样。这里是省级石咀头遗址保护区，自古及今不断有文物出土。7年前，附近一户人家在盖房挖地基时就挖出了一个大窖藏，出土众多商周青铜器，成为国内轰动一时的考古发现。如今，石鼓山变成了一座文化公园。

我拾阶而上，踏进了宝鸡青铜器博物院。在幽暗的灯光下，一件件青铜器走进眼眸。雍容壮硕的鼎、鬲、甑、甗，规整气派的簋、簠、豆、敦，巧夺天工的爵、尊、觚、觯，叩之作响的鉴、洗、盆、盘，精致绝伦的镈、钟、铎、铃……让人想起几千年前王公贵族们的豪奢生活。

"宝鸡，是一座王气森森的城市。"3年前，著名作家高建群来宝鸡，开场白就说了这么一句话。王气森森，不光来自宝鸡秦岭渭河巍然雄峙的气质，还来自她厚重的历史。每一个看过宝鸡出土的青铜器的人，都会有深切的感受。

翻阅发黄的古书去看吧！宝鸡是炎帝故里，中华文明的发源地之一。宝鸡作为先周、先秦的都邑，西周秦朝的宗庙墓葬所在地长达700多年，周礼秦制，在此发源；周秦文明，在此肇始。那闪耀着文明之光的青铜时代，就在周秦故里焕发出夺目的光彩。自西汉宣帝神爵四年尸臣鼎出土，2000多年来，数万件青铜器从宝鸡的黄土中闪亮出世。有专家说，世界三分之二的青铜器在中国，中国三分之二的青铜器在陕西，陕西三分之二的青铜器藏在宝鸡。被誉为"晚清四大国宝"的大盂鼎、毛公鼎、虢季子白盘、散氏盘全部出土于宝鸡。缺失了宝鸡，中国的历史将无法贯通书写。

收回遥想的思绪，继续在青铜的丛林里漫游吧。几步外，一个一尺多高的神秘酒器吸引了我。它四边的扉棱，似一个个锋利的戈突兀而出，那脊线构成难以攀援的高山，又似一只只墨色的飞鸟列队爬向天空又凌空扑出，还像凝固的镂空的黑色火焰在跳动，保持着激扬音乐的节奏与律动，仿佛就要带着它飞天而去。

它顶天立地，凛然不可近亵，这就是何尊。

何尊的出土，颇有戏剧性。1963年秋季的一天晚上，在与石鼓山隔渭河相望的贾村塬，农民陈堆去上厕所，发现月光下后院土崖上有一双眼睛暗暗盯着自己，吃了一惊。第二天，他从土崖上一镢头刨下一块土疙瘩，土疙瘩碎了，滚出一块铜疙瘩，是何尊。陈家把这铜疙瘩放在楼上装过烂棉花，老鼠还下过一窝崽子。1965年，家里实在没钱买粮充饥，陈堆的哥哥就把这铜疙瘩以30元的价格卖到了宝鸡市群众路的废品收购站。幸好，被宝鸡市博物馆的工作人员在搜拣文物时看到，费了一番周折，才没送去大炼钢铁。1975年，文物专家马承源组织一批文物进行展览，在除锈时，意外地在尊腹底部发现了12行共122字的铭文。这铭文记载了周成王营建洛邑的重要历史事件，史书中模糊的记载在此得到确认。而最重要的是其中的一句话"宅兹中国"，这是"中国"这一称谓第一次出现在文字记载里！

这是多么神秘而神奇的事情！中国的文字成千上万，"中"与"国"在此才历史性地亲热携手，在此后成为一个不朽的符号，成为每一个中国人心中最神圣的称谓。那神秘的何尊，以狞厉的外表将人们的目光吸引，而将满腹的心事藏于心底，拒不吐露。它在黄土中埋藏了3000年，重见天日，又险些被熔于钢炉。仿佛上天在冥冥之中保佑，让这携载着民族密码的宝器留存下来，最终实现它的巨大历史使命。

你是哪里人？"宅兹中国！"你的老家在哪里？"宅兹中国！"这四个字已跳出何尊，已经超过那篇铭文本身意义的承载，回答了中国人之为中国人的最根本问题。中国人在出土于宝鸡的何尊上找到自己的根，找到自己精神和灵魂的胎记，找到自己精神的归宿。

这些悟思，也是我几年前写9000字长文《叩问青铜》时的感慨。那段时间，我端详宝鸡出土的一件件青铜重器，再在一本本的古籍史书中穿行，探寻那一件件青铜器背后的历史人物和故事。他们切近而遥远，清晰而恍惚，典奥而忧郁，这是器物和文字带来的印象。

而今天，我已经不愿意再在器物和文字的密林里更多跋涉，而愿意在生活的阳光下徜徉。在何尊前伫立遐思，在青铜的丛林里逗留之后，我走出展厅，踩着玻璃屋顶漏下的阳光，走到青铜器博物院外面的台阶上，站在了阳光之下。渭河北面的贾村塬就横在了眼前，仿佛触手可及。

正是一个农民的镢头，让何尊重见天日。正是一个农民的故事，让何尊脱离了冰冷的高贵，而浸染了世俗的生活气息。青铜器一件件摆在王公贵族的家里，最后摆在宝鸡青铜器博物院展厅的绒布上，显得高贵无比。但它们却是一个个普普通通的工匠制作的，一个个普普通通的农民发现的。他们是高贵的礼器，却飘着食物的清香和音乐的余响，说到底它们还是生活的器具而已，离开了生活，它们是空洞而没有生命力的。而每一个看到这些器物的现代中国人，也跟当年使用这些器物的祖先形似神似，人类本身在几千年的历史中，变化微乎其微。

"宅兹中国"，跳出何尊，跳出铭文中的语境，每一个现代中国人感受到的意思，就是"居住在这里的中国"。这是对我们处境的最真切的描绘，也是对我们心声最淋漓的回答。这里，可以是宝鸡市、陕西省，也可以是北京、上海、海南，也可以是广西、云南、新疆、西藏，还可以是贾村塬、石鼓山、雍峪沟，城市和乡村的一个个角落。在中国广阔的疆域内，我们每一个人居住的地方就是中国，我们每一个人站立的地方就是中国，我们每一个人生活的地方就是中国。我们立足在中国的一隅，但大地将我们相连，连成一个整体。居住在这里的中国，每一个人过的都是中国生活。

从石鼓山东行30千米回到雍峪沟，我的心中更多了一份从容和自信。居住在雍峪沟里的中国，走过一年四季、二十四节气，一日一日，乡亲们以无数先辈几千年传承下来的生活方式，过着生儿育女、酸甜苦辣的寻常生活。就像沟的两道山梁连着中国南北分界线秦岭，沟里的雍峪河流进渭河、再流进黄河、最后入海一样，我们最琐碎、最寻常的生活，却是广大的中国生活的生动呈现。

霜降记

> 霜降之日豺乃祭兽，
> 又五日草木黄落，
> 又五日蛰虫咸俯。

早上，玻璃窗上，白花花，雾蒙蒙的，屋里冷。快中午的时候，太阳出来了，天地爽朗起来。

门前的柿子树上，一颗颗黄蛋蛋，沉下了绿色的枝叶。两颗鲜红的，在树尖上，亮着，转到侧面一瞅，是被雀儿鹐成了空罐罐。雀儿总是比人的嘴馋。竹子的枝叶冷绿。梧桐树的叶子像漏网，可以透过看见星星点点的天空。杨树的叶子半黄半绿，像一柄柄小扇儿。夏天的时候是扇子扇风，现在是风扇扇子，扇叶儿纷纷落地，躺在河边的绿莎草上。一树刺槐的叶子像人的头发变白一样从枝根往枝尖黄了一半，树根铺了一地碎金子。水无声地向北游去。几根绿萝卜叶子，随水漂流，一片挂在石头上，水流哄不走。塄坎上，一挂野菊花，繁星似的，像一团欢乐的絮语。那黄，似雪地迎春花的黄，在阳光下亮人的眼。构桃树，有些叶子变黄了。两颗红艳艳的沟桃挂在叶隙，它们来得太晚。几丛毛毛英，叶子已经枯干，在微风中抖动。几株灰条，尖儿被掐去，主枝斜生处一丛丛枝叶，叶面上滚动着亮晶晶的露珠儿，根部的叶儿泛黄了。尽管照着阳光，山谷里，树草的绿叶，还是将凉气送进人的心里。

  到了秋冬，天冷，人闲，办婚事的多了。今天吃的是表姐女儿的出阁宴。表姐家大门上贴了"丽景金秋天台桃熟，祥开百世金谷花娇"的大红对联。彩条布席棚搭在街道，有20米长，两旁枝繁叶茂的柿子树护着。席棚口是礼桌，账房先生记礼账。锅灶垒在门前。三个妇女拿着笊篱和长棍，围着一口黑老大锅下面、捞面。掌勺的厨子，是个中年男子，身着蓝衫，戴着护袖，利落地从红艳艳的热气氤氲的臊子面汤锅里，舀出一碗碗汤。身着蓝西服的女服务员端着木盘排队等候，把汤往席上端。侧面一个火炉上，撑着一大铝盆的臊子，黄黄的。火炉旁，几个老年妇女在洗碗。邻家门前的一个大灶搁着馒头蒸笼，一个老汉打开火门，往里面使劲喂炭，鼓风机将火吹得呼呼呼。巷道到院子里，都摆着红红绿绿的菜盘子。

  席棚里，则是招呼着喝酒的热闹。凉菜还吃着，一钵韭叶面条端上来，面又薄又劲又光，紧接着一盘六碗臊子汤端上来，汤又煎又稀又汪。吃！一筷头细面，高高挑起，然后轻轻卧在红艳艳的汤里。两筷子搅匀，红的萝卜，黑的木耳，黄的蛋片，绿的韭漂，白的面条，相互映衬，赏心悦目。汤面，吸一口，双齿一碰，轻轻滑入肠胃，又酸、又辣、又香。一碗、两碗、三碗，足足吃了八碗，等从席棚出来的时候，周身没有一个折折不熨帖，没有一个腔腔不窝野，没有一个毛孔不舒坦。浑身散发着热气，深秋的凉气不怕了。

  街道人来人往，有人围簇抽烟闲谈，有人坐在邻居院中打麻将。我到村子里面去转了转。

午饭是 11 点开始的，亲戚和村里先到的一拨人先坐席。现在过事，赶得吊，午席都提前到 11 点，不误下午上班打工。每桌七凉八荤。小学校的老校长主持仪式，用乡土味的普通话，强调了本次宴席的不普通的意义。然后是表姐夫作为新任丈人讲话，面对亲戚朋友、父老乡亲，这些话估计攒了 20 多年了。最后村支书的讲话，赢得掌声最久。开吃，跟着是一波波的劝酒，主家敬酒，小夫妻敬酒，音响里的歌声震耳膜。

这是一村庄人最幸福的时光。在霜降凉寒到来的时候，寂寥的旷野之中，村庄的人们过喜事，大锅大灶，热热火火吃臊子面，全村热热闹闹喝酒吃席，让欢乐的歌声在村庄上空飘得远远的，将日子过得红红火火。

老

  没人的日子，院落独自在雍峪沟。
  院墙圈不住日子，一天一天，日头翻过房脊，又落过西墙，影子在地面长了又短、短了又长。房屋多少年如一日，以同一种姿势站立在空气中。阳光透过天窗，将一道光亮投进屋子，光亮中，无数的尘埃，像游蚁，亮晶晶地上上下下浮动。屋里的家什，厨房里的黑老锅、水瓮、擀杖、瓷碗、竹筷，连锅炕上的草席、被子、枕头都以自己的形状，在原地沉静，仿佛在沉思，又像在等待。现在，锅碗在，而吃饭不在；炕被在，而睡眠不在。晴朗的夜晚，一院屋子，黑黝黝一团，眠在两道山梁之间。院子围住了一方天空，天上的星星一颗、两颗、三颗，落在猪食槽沉积的水里，一槽水，就这样收留了遥远的星球。遥远的星球，穿越无数光年的长途，在地球上这个院落的这摊水里浓缩成冷静的星子，已瞧不见大气和云团。屋子上的烟囱，张大了口，想要对天说什么，但一直没有说出口……
  院墙圈不住风，风来了又去，去了又来。河边树上的芽芽着急成叶叶又黄枯再脱落，季节由春缭乱成夏又历秋到冬，唯有这院老屋安静站于时光之中，不随风摇摆。不为人知的夏夜，狂风呼呼，愈来愈强，摇撼树枝。房屋周围的洋槐、梧桐、核桃树被鼓吹着，像包袱一样一忽儿浑圆，一忽儿扁塌，一忽儿倒伏背过气去，一忽儿扬起回过神来。闪电，在山梁上，如抖动的银蛇，划破重重夜色。屋檐在亮光中一闪，又消失在沉沉黑色之中。雨水的天军，自九天而下，急扑这个村庄，万千箭矢射向房屋，在层层青瓦上折断箭头，在院里弹起浮土，很快在檐边垂下长练，在地面蜿蜒水流，裹挟着树叶杂枝，涌向门槛下的水道……屋檐下停着的架子车、立着的镢头、靠着的扫帚、挂着的镰刀、盘着的麻绳，被水溅着了，湿淋淋的，注视着，不发一言。——漫漫长夜……第二天，风雨停住，湿漉漉的院子又被阳光一处处烤干。随后，白天黑夜，又淋湿晒干。那是天和地的对话，是风和院落的呢喃，直到大雪洋洋洒洒，染白了整个院落，覆盖在一件件农具身上……

我们不在，它们经历着时光。

我们走了，把院落、房屋和一屋子的物什还有寂静，留在了这个山沟中。我能想来，它们要经历的时光，和许多年来的都一样。这个村庄，一年一年，变化极其微小，小到常常被忽略。但我没想到，房屋和物什自己过着日子，并且在时光中悄悄老了。一点一点，于无声处，皮肤只轻微暗淡，身形却困乏松坦，内心苍凉。

多年前，我只知道，一件东西是用老的。像镢头，你不停使唤它，它出力鼓劲，啃石咬土，累、困、乏，几年后钢散了，刃卷了，口豁了，老得用不成了，就撇到一边，换新的。磨刀石到家时方方正正，一年一年，一刀一刀、一镰一镰磨过，它的腹身渐渐凹了下去，最后弯成一个驼背，不复当年的英武模样。山里的小竹子，葱葱郁郁，挺挺拔拔，父亲割来扎了扫帚。早晨扫院，晒麦扫场，一下一下刷过，扫帚的细叶芒枝就一点一点磨去，就成了秃刷刷。我们一日一日，用老了这些东西。

这几年，没有人用，这些东西怎么样呢？好似还保持着旧时的样子，但手一握，发觉它们也老了。青身白刃的镢头，锈一粒一粒，一坨一坨，将它蚀腐。虫子将白白的镢头把吃成窟窿，在里面安家，一抹一把"头皮屑"。靠在墙根的那把新扫帚没有使用过，一扫，叶枝却簌簌断落。架子车，气瘪了，厢板一触，掉下一片渣子。屋里的墙壁裂了许多缝子，屋顶的椽也没落，椽头有些朽坏。墙上挂的一环长绳子，没出过大力，现在一拽，断成了节节。最难堪的是窑洞。厨房挪走之后，炕上也再没睡人，窑里没了烟熏火燎，消消停停了。但蛛网就攀扯在角落，顶上的土疙瘩时不时掉落，多年的细口子越长越大。窑洞不住人了，烟火也不住了，最后，老鼠和蜘蛛也不住了。都不住了，窑洞也快塌了。

多年以来，我心怀愧疚，认为我把家里的物什用老了。多年以后，我才明白，用着的东西老得慢，不用的东西才老得快。我不用东西，东西因为自己无用而荒了心，散了劲，走了神。没了心神的东西，不多久，就蔫了，酥了，软了，瘫了，被上天带走。村里许多没用的东西，最后都消失了。我没有老了东西，是时光老了它。我的手粗糙，时光的手柔软；我的脾气暴，时光的性子绵；我的劲儿蛮大，时光的劲儿轻；我使它的时间长，时光使它的时间短。我使它，它反倒老得慢，寿命长；我不使它，它闲了，反倒老得快，寿命短。汗水浸透的镢头把，想不起生隙；啃石咬土的镢头，来不及生锈；负重载物的架子车，顾不上腐朽；扫院净场的扫帚，虫不敢下口。时光，是比我锋利一千倍一万倍的，但它却轻柔得，让物什看不见、摸不着，所以也觉不着是它老了自己。

一个院落，轻轻老在时光里。

我是个懒人。小时，野在山地，爬坡下河，走山上树，活得像一只小鸟在天上，一条小鱼在水里，一头小兽在田野，一只小虫在崂坎。没有人管我，我的开心像一朵自在的喇叭花，想啥时开就啥时开，想开多大就开多大。大人们任由我野生野长，想不起使唤我。我顶多去帮忙端个碗，提壶水，捎个话。待我大些，想起使我去读书，我不喜欢书使唤我，不喜欢老师使唤我，也不喜欢学校限制我，我就逃学。勉勉强强念书，离开了村子，越走越远。父母在田地劳作，辛苦流汗，却使唤不上我。待到后来，我留在城市里，吃上了乡亲眼里的"轻省"饭。这碗饭，没有那么狠狠使唤我。我轻飘飘地生活，把我自己从20岁活到30岁，又活到40岁跟前，曾经想干的事一桩也没干成，而且暮气沉沉，胃口不好，精神不振。而村里一些七八十岁的老人，耕地锄禾，割草喂牛，蹲在门前大碗吃饭，活得勤勤快快，精精神神。

这么多年，太疼惜自己了。

我把二老接到城里，将老屋留在乡村。仅仅几年，当我再次回到老家，老屋和物什的衰老让我震惊：人不好好用自己，就会像它们一样，骨质流失，在不知不觉中身心疏松散架，衰败腐朽，老了自己，最后没了自己。

第四辑 冬季

立冬记

> 立冬之日水始冰，
> 又五日地始冻，
> 又五日雉入大水为蜃。

　　河边的杨树张开枝柯，似往天上飞。影子，贴着麦田，往远方游走，交错在一起。下午四时，我走下坡。我的影子扯得又长又歪，也像暗花印在麦田之上。

　　一株桑树，披着树林缝隙漏下的阳光，像穿着黄金的衣裳，亮堂堂的，站在沉默的麦垛旁。没有一只蚕，能穿过村庄，穿过小路，穿过田野，把桑树穿过春天来到冬天的叶子咀嚼成一口丝，或者是一首诗。蚕食桑叶的声音，也是一种歌吟；蚕吃出的叶脉曲线，也是诗歌的节奏。这一树桑叶，是被遗忘在田野的。它默默等待，也没有等来爱自己的蚕。多情的是季节，把它从春迎到夏又迎到秋。今天，冬阳为它披上灿灿的衣裳，将它迎娶到冬天。

顺着渠边的小路，来到下河田地中间。河边一里多长的整齐的杨树，叶已落尽，枝条劲峭，直刺蓝天，仿佛比背后脊线悠扬的山梁还要高半头。我站在塄坎根，上一阶梯田就横在脖子处，我一望，顿时陷入惊奇：冬日的大地沉默。亿万株麦苗突然从土中扬身而起，每一根枝叶像手臂一样张开，形成手臂的密林，像大型演唱会的现场。无数的手臂，线条交错、舞动、舒展、定格。这是沸腾的麦田，绿色的舞蹈在大地腾跃，腾跃在一望无际的蓝蓝的天空之下，在梯田的画布之上。这是激情的狂欢，这是大地的《欢乐颂》。我站在那里，让身躯沐浴在温暖的阳光中，张起双臂，闭上双眼聆听。当我睁开眼时，阳光从西南照耀，这片麦田像绿色的毡子向远方铺展。光亮在无数的麦叶上流动，无数的晶莹的绿色，升腾起汪汪的柔软的玉石一样的光芒，像一波青莹而温润的湖面弥望。这湖面，让我的整个身心，沉浸在一种澄明的神一样的境界中。

　　我的目光向上，上一阶梯田的边缘，勾勒出一条长长的亮亮的绿线，塄坎在阴影里安详，仿佛不见。有一种清新的气息，从鼻孔进入，在肺腑缓缓荡漾。

喜鹊

峪口是一座水库。水库大坝下小河边上有一块水泥地，是进山户外的人的停车场，老张撑了大伞，摆了椅子，在这里收费。

我把车停在这里，给老张一张100元的钞票，老张给我找了90元。这时，一只喜鹊踱步过来，七八米外，一只白色的小狗往这儿张望。喜鹊浑身黑色，胸腹各有一处雪白，很漂亮。

"花儿，来，上来！"老张朝喜鹊喊了一声。

喜鹊走到跟前，一振翅飞到了椅子上，再一下，跳到了椅背上，两只爪子紧紧抓住椅背。然后，它又扇了一下翅膀，竟然飞到了老张的右肩上。喜鹊站在老张的肩膀上，东西张望，顾盼自雄，像一只雄鹰站在了山巅。

竟然还有这么灵的喜鹊，我心中暗暗称奇。

老张说，喜鹊是去年五月从院里的梧桐树上掉下来的，是只幼鸟，哆哆嗦嗦的。这一带喜鹊很多。他爱鸟儿，便收养了它。他家里养有一只小白狗，喜鹊一来，就养在了一起。给它绵软的食物，给它喝奶，喜鹊慢慢缓过来，有了精神。小狗和喜鹊，一个地上跑，一个天上飞，本来不是一搭的，现在却生活在了一起。小狗哥哥很爱护喜鹊妹妹，每次饭食，都是让喜鹊先吃，奶水让喜鹊先喝。到院子外面去，有鸡呀、猫呀，一到喜鹊跟前来，它就"汪汪"上前将它们赶走。外面的树上一有野喜鹊叫声，小狗就很警惕，在院门前来回警戒，不时朝树上大叫几声，怕它们引走喜鹊妹妹。晚上，喜鹊就乖乖地卧在小狗怀里睡觉，小狗轻轻地搂着它。有时，没瞌睡，小狗四仰八叉躺着，喜鹊就将稚嫩的红嘴伸到它的毛里捉虱子、挠痒痒，小狗幸福地眯上了眼。

　　一年过去，喜鹊慢慢长大了，黑白分明，身子丰满，出落得十分漂亮。它嘴又尖又长，脚上有劲，且能飞起，已经是一只成熟的鸟儿了。倒是小白狗，身子也长长了一些，但还是原来的秉性。没事，老张就把它们带到停车场来玩，给他做伴儿。喜鹊已经能听懂老张一些简单的话，吃饭呀、喝水呀、睡觉呀、飞呀，什么的。到了停车场，见了形形色色的人，人们对这只喜鹊惊喜不已，爱逗它玩，这只喜鹊已经成了驴友圈子里的网红。见了大世面的喜鹊更像个明星，喜欢在人们面前展示自己。

　　"来，给你100元，"老张掏出我刚给他的100元对喜鹊说，"树上飞一个。"

　　喜鹊张嘴衔住100元，转身张翅飞起，飞到停车场边的核桃树上去了，核桃树下就是小河。它站到树枝上，向下面望。老张说，来，把钱给我。喜鹊不理，跳了一下，站到更高的树枝上去了。女儿很为这张100元担心，喜鹊口一松，钱就掉到水里飘走了，捞都捞不上。

　　老张讲，上次，有一个驴友拿了一张20元当100元哄喜鹊叼，喜鹊生气了，一口叼上钱飞到树枝上，用爪子和尖嘴将钱撕碎，碎渣渣掉到了河里。人一往跟前走，它厉声尖叫，羽毛飞参，怒气冲冲，吓得人不敢往跟前去。

　　"回来吧，花儿，钱我给你存下。"老张给喜鹊招手，喜鹊"哗"地飞过来，落在椅子上，又飞上了老张的肩头，将钱插到他上衣的兜里，还用嘴往里面压了一下。

看到人和老张说话，小狗也有些好奇，慢慢地、慢慢地往这边移步。忽然，"嘎——"一声，喜鹊从老张肩上跳到椅子上，又跳到地上，朝小狗奔去。小狗一见掉头就跑，喜鹊在旁边紧步追逐，在停车场跑了半圈，直到小狗跑到了地边，喜鹊才又踱步回来。

"小狗还怕喜鹊呀？"女儿很吃惊。

"怕么，怕喜鹊鸹它。"老张说。随着喜鹊慢慢长大，鸟儿的小性子，也是天性吧，越来越显现。性子急，经常气咻咻的，跟小狗相处，这也看不惯，那也看不惯。有时，它不好好吃饭，自己的吃食啄几下，狗食啄几下，还要踩两脚。狗很生气，举爪吓唬它，它就往前扑去，用尖嘴啄小狗的尾巴，一跳一啄，啄得狗生疼。小狗真正愤怒了，调头要咬，但它身子却有些拙，没喜鹊灵活，咬了几回都没咬上。狗急红了眼，瞅准喜鹊直扑过来。喜鹊一看情势不妙，振翅一飞几步远甩开它，又点地而起，连飞几下站到了院里大树的树枝上，嘎嘎朝着小狗喊叫。狗追到院里，朝树吠，身子火辣辣地疼。如是较量了几回，犹如空军和陆军较量，都是小狗落败，喜鹊大胜。从此之后，小狗见了喜鹊都是怯怯的，保持安全距离，怕喜鹊心情不好啄它。

正说话间，一只灰色的小狗滴溜溜跑到停车场来，往小狗跟前跑去。在我们尚未在意的当儿，喜鹊已经追上去了，拦在灰狗和白狗之间。"嘎嘎——"它向灰狗大喊，翅膀也慢慢夯起来，灰狗一看，脚步迟疑了。"嘎嘎——"喜鹊再往前，灰狗停下脚步，两厢对峙起来。过了一阵，灰狗看惹不起，掉过头，走了。见灰狗走了，喜鹊才拧过头，对着静静望着这儿的小白狗尖叫了两声。小白狗识趣地转过头，往边上走了。看着它们散了，喜鹊才又慢慢踱回来。

"喜鹊只允许小白狗跟自己当朋友，不让它跟其他动物玩。"老张笑着说。

说话间，喜鹊又振翅飞上了椅子背，跳到了老张的肩头。它长长的尖嘴微微翘着，双目望着远方，眼仁白白的。

小雪记

> 小雪之日虹藏不见，
> 又五日天气上升地气下降，
> 又五日闭塞而成冬。

小雪无雪。

响午，阳光明亮而温暖，洒满沟谷。前几日的阴霾散去了，田野里麦苗绿油油的，人家的屋脊亮堂堂的。雍峪河边的杨树瘦了，叶落枝净，更为挺拔。树的影子投在旁边的路上，有一种淡淡的虚幻。一片一片的落叶，散聚在路边，踩上去"欻"的一声碎了，脆脆的，响声回荡在耳边。河道里，密密麻麻积着枯叶，有黄的绿的草挣扎着亮出头，夏秋时节疯长的拉拉秧不见了。河水冰凉，清澈见底，几颗石头偎在水里，水向下而去，却感觉不到它的流动。

沿河下行，走儿时挑荠儿菜时走的路。这路已被荒草芜没，现在到地里来的人少，人也不给地头留路了，全种上麦。河道里，还乱簇着玉米秆，淋雨后倒伏在地，是不准备拉回家的。在河细处，踩石过了河，到了河西边。大片大片的麦田，弥望的绿色，安静如湖。

高高的塄坎上，两棵杨树并立在蓝天下，根部灰黑粗糙，半腰洁白光滑，顶部枝叶相拥在一起，长长的影子斜斜地游走在麦田之上。在空旷的田野，它们像一对夫妻相伴相守，不时有长尾巴鸟儿来与它们说话，它们也不会寂寞。

踩着渠沿，一步步穿过田地，回到了村庄。北头几户人家门前大朵大朵的菊花盛开，鲜艳的红色让人恍惚觉得不在冬季。

通向崖头的路，淹没在草叶里。叶子是塄坎上的老柿树落下来的，一片片重叠着，有些红，有些灰。时不时有小柿子滚在里面。仰头看去，柿子树扬着根根简练的纸条，叶尽果去，连给鸟儿留的柿子都掉落了。

崖头坡上野生着一大片药树，不知从何年月就长在这里了。一簇簇，枝干粗壮虬曲，叶子金黄，结出红灿灿的果子。小时，每到春天，我和小伙伴们爬到药树上，玩开汽车、打仗的游戏。那时药芽儿长出有手指长了，我们掰下来放在嘴里嚼着吃，有一种淡淡的甜味。也尝试着，将它切成短条儿浸泡在水里喝，但没有直接嚼过瘾。小时，只关心药芽儿，待他长枝抽叶就老得吃不成了，却未曾关注过它的籽儿。几十年后，这些药树更老了，结出了一串串籽儿。那籽儿笼在药树的头上，一股股像高粱头儿，果实像大红袍花椒，细密又红得发亮。它们有些挂在枝头，有些落在了地上，地上也变得红亮。这里很少有人来，药籽儿自红自落，没有人在意。忽记起，前几日看到的一位知青老诗人写的文章，回忆当年在西山的乡村采药籽儿榨油的事。药籽儿还能榨油吃呢，村里人好多不知道。或许他们榨过，却没给我这个小字辈说过。吃药芽儿是经历过饥荒的他们遗留给我们的饮食喜好。

走过药树林，走到了旧庄村。当年的院落，已经成为青青麦田，当年印在院里的脚印已经随风飘散。只有不见炊烟的窑洞依然挂在崖上，炱黑几十年没有褪尽。那些窑洞里的暖炕日子都已经成为记忆。

遥望西边坡上，站着一片杨树林，挺拔精神。白色的小路，纠缠着塄坎和树林蜿蜒向上。

母亲做的午饭应该熟了，就走回来。午饭是母亲擀的面。面劲道，辣椒红艳艳的，又有红萝卜和青菜搭配，看着分外悦目。端饭到门前，晒着太阳，一碗面狼吞虎咽吃到肚里，感觉浑身有劲。母亲微笑着看我吃。

门前一排小青菜，像伸着一片片小耳朵，绿森森的，令人喜悦。母亲说，前两轮的青菜，全让虫吃了，没有发上来。现在天冷了，虫没了，青菜们才长起来了。

叫卖

　　声音弯曲着挤散土路上的浮尘，穿过院落的间隙，掠过矮墙，从核桃树的枝条中间撒下来，"咚隆，咚隆——"撞击着我的耳膜。我停下了打地老鼠的小鞭子，声音开始沿着我的血液在周身荡漾，一种惊喜在我的心间像一股烟旋转而起，冲击着我的心房。我拔腿跑出院子。奔跑在土路上，声音愈来愈清晰，我的心愈来愈急切——果不其然，老货郎来了。他正摇动着手里的拨浪鼓，他用鼓声呼叫着我。这1979年的声音甚至几十年后，还在我的梦里响着，我在梦里不断起来向村头张望。

　　老货郎有70多岁，穿着一身灰布棉袄，头上缠着红黄相间的布带，像少数民族。他的脚下放着一副挑担，一头是针头线脑，剪刀、顶针、染料、各种各样的丝线、布头等等。另一头，是各种各样的玩具，泥塑的十二生肖，各种色彩的哨子、小笛子、小快板、乒乓球、羽毛球、钢笔、作业本等等。我贪婪地瞅识着这一切，每一件东西长的样子我都没意见，每一件东西我都爱看见。我瞅见了一个彩色哨子，是一只黄色小鸟的造型，对着小鸟的嘴一吹，一声鸣叫就发了出来。那时，哨子只有小学校的校长和体育老师用。那是银色的金属哨子，每当校长抿一下嘴唇，将它噙在嘴里，腮帮子鼓起来的时候，就有大事发生，我们要集合站队。在我的心中，那哨子有一种威严和冷峻。而这只哨子，是那么有趣，鸟儿的叫声呀，从人的嘴里发出来哩！我请求试吹一下哨子，老货郎轻轻摆了摆手，他是个哑巴。他拒绝了我，只有主人才有权利吹响它。这种拒绝像石头一样将我心中升腾而起的喜悦的烟气压住，我对哨子的渴望更加强烈。其余的一切都从我的心里淡去，鸟哨子的形象越来越高大。围着老货郎挑选东西的女人和小孩越来越多，妈妈终于出现了。我紧紧抓住妈妈的手，就要买这只鸟哨子。妈妈不大乐意，但是我执拗不放，当着那么多大人小孩的面，妈妈不便发火，还是给我买了。

当老货郎的拨浪鼓的声音在小桥对面越来越小，老货郎的身影渐渐在对面山坡的小路上消失的时候，我的哨声在村庄响起。哨声响亮、清越，我把它吹得无比有力而绵长，像一道射线射过土路，射过树梢，直向天空射去，超过了所有的鸟鸣。那是老货郎最后一次来到这个村庄，我记得很清楚，他再也没有来过。在他最后一次来到这个村庄的时候，他把这只哨子留给了我。在他沉闷的鼓声不再响起的时候，我的哨声一次次在村中响起，填补了鼓声空缺的漫长的寂寥时光。

在货郎不来的日子，还有一些声音在村庄响起，回荡。

春天，核桃树将它的树阴投在院中。"割——豆腐——哩——吆！"一声舒缓而悠长的喊声，从大门穿过巷道飘进来。"割"被说成了"锅"，起音重而有力，一下子抓住人。一声"豆腐"，平滑舒展，让人能听清。"哩"是声调渐变延长，"吆"快速地截断收束。这中低音，是一个矮个儿老头发出的，他半个月来一回。一听到这声音，他的身影便在眼前浮现，就知道他还隔着五六户人家呢。他有50多岁，穿着一件陈旧的中山装，双手戴着护袖，推着一辆自行车，自行车后座上用绳子绑着一个小竹筐篮，里面是一座圆圆的豆腐，用湿布苫着。

"胡豆，拿瓷碗。"妈妈喊我。我从厨房拿来洋瓷碗，妈妈舀了一碗玉米，我跟着出了门。卖豆腐的人刚好走到门前，他微微一笑，打起车子，称了玉米，然后用裹了布的刃镰，两刀切下一块，一称，分毫不差。在他的喊声再次回响的时候，豆腐已经放在了案板上。手掌大的白豆腐，被母亲细心地切成碎块，和红萝卜炒在清油锅里，搭配了绿蒜苗，中午做了香喷喷的辣子面，像过年一样。对家里来说，豆腐和肉一样，是对生活的改善，有豆腐的饭，必须隆重，做好。每当卖豆腐的吆喝声过后，家里就有了新的香味。

夏收毕，午后，院子里晾晒着小麦。人小憩，翻来覆去，身上汗津津的，凉席上是水。"换——西瓜哩——"一声叫卖隐隐传来，伴随着骡蹄声。声音薄脆，钻过洋槐枝叶，被河上的水汽湿润过，稀稀地透过椽缝、门缝、窗缝，进入我的梦中，汁水香甜的红色瓜瓤，顿时浮现。"换——西瓜哩——"声音变得响亮爽快了，那是已经过了小河，朝着住家这边赶来了。爹翻身而起，在墙角翻了翻，将一小袋芽麦提起，往外走去。大轱辘骡车停在路边，满车都是又圆又大的绿皮瓜。一个40多岁的中年汉子，秃头，敞开着布褂，露出红亮的胸膛，双眼炯炯发亮。

"来，渭河滩的沙瓤西瓜！""

"老赵，芽麦换不换？"

"行，好麦子一斤二斤瓜，芽麦一斤一斤瓜。"

称了麦，老赵从车上挑了一个最大的瓜，嘣嘣弹了两下，响声清脆。他又挑了个小的，也敲过，一并过秤。

"多了一斤，老伙计，送你算啦。"秤在手里忽地蹩杆了，他赶紧捏住，将瓜放在地上。

爹给他发了根烟，两人吸着，谝了一阵。老赵说，他爹是务瓜的老把式，给生产队务过多年瓜，今年天旱，昼夜温差大，瓜甜得很。去年，渭河发大水早，把瓜吹了不少，没赚下钱。今年到现在长势好哩，不知道后半截咋样。

"没麻达，好好务，还指望着后面吃你的瓜哩。"爹安慰他。

瓜提回去，在井里吊着凉了一个时辰后，搁在了案板上，刀刃一挨，"嘣"地裂开了，果然是沙瓤！爹将瓜杀了几牙子，每一牙儿都像弯月，都像小船。我端一牙儿一咬，又凉又甜的汁水从喉咙滑下肠肚，<u>丝丝缕缕，沁人心脾</u>。淡淡的甜爽，像雾水腾起又凝成露水，顺着肠肚滑下，慢慢渗入体内。一牙儿吃完，头脑先为之一爽，清醒了许多，然后整个身体中的暑热之气，慢慢消淡。吃了两牙儿之后，就饱了，也凉了，只有淡淡的甜味，还在舌尖，还在口中，还在胃中……

这就是小时候吃的沙瓤瓜，一想几十年的味道，忘不了，不是后来大棚瓜的味道，真甜。

因为这样的舌尖上的记忆——随着叫卖声而来的哨子的声音、豆腐辣子面的香味、西瓜的凉甜味，叫卖声也随之变得亲切。它们像一段引子、一段前奏，引出的是生活里的美好体验，让艰苦的生活，也变得有了令人留恋的滋味。

我从来都不知道老货郎、卖豆腐的矮个儿老头和卖西瓜的老赵是哪里人、家里都有谁、经历了怎样的人生，但他们的声音却牢牢地刻在我的记忆里。有时，在我梦里，那熟悉的声音会穿过树木、小河和屋隙传来：

"咚隆，咚隆——"

"割——豆腐——哩——吆！"

"换——西瓜哩——"

大雪记

>大雪之日鹖鴠不鸣，
>又五日虎始交，
>又五日荔挺出。

天上是淡淡的蓝色，浮着心绪似的薄薄的白云。阳光亮亮的，但风色冷。出门后，顿时觉得臃肿的棉衣薄了，衣服里的人瘦了。

西面坡上的树林也消瘦了，憔悴暗淡。我仰头看了看，顺着崖背上的小路爬上去。塄坎上的洋槐树，黄叶落尽，个别枝头挂着黑籽角角。指头粗的酸枣树上，剩了东倒西歪的指头蛋大的枯叶，只有刺端端地挓着。构桃树上，零零落落挑着几片绿叶子。落在地上的一层叶子，也是绿色的，但蜷曲着，有些仰身，有些俯身，有些侧棱着，没有一片展拓的。红艳艳的构桃不知哪里去了。路边的丛丛野草，绿绿的，没有春绿的油汪，也没有秋绿的浑厚，是一种硬涩的绿，不忍心踩上去。上到崖头，帽盔柿子树上，叶片溜尽，只夆着嶙峋的枝干，地上的叶子已经枯黄，褪去了红色。只有柏树，不动神色，穿着四季一色的绿衣裳站在那里。

地头那片小小的菜地，一半撒了闲地，黄土安歇着。一片小白菜，绿森森的，看着令人喜悦。一片蒜苗，细细的、弱弱的，呈现着淡淡的黄色，让人担心怎么经雪历寒。一到冬天，能吃的菜，就少了。

再往上走时，目光被一丛丛藤条上碎碎的黄色花儿吸引。那是迎春花。藤条是绿森森的，有着水气。零零星星的花儿，张开五瓣六瓣，让暖暖的阳光卧在花心，亮亮的，耀着眼，沁着心。我在这花儿跟前站了许久，让阳光落在脸上。

立碑

暖阳中，两杆唢呐朝天吹响，一挂鞭炮噼里啪啦炸开，将碑子从桥东迎到了桥西，迎到家门口。

在用香烟点燃鞭炮前的40多分钟内，我和妻女起床、买早餐、加油、上高速路奔驰，赶50多千米路，终于在碑子到达桥头之前到达老家。

今日，爹要给自己去世35年的父亲立碑。

爹在房檐台上点燃一根白蜡、一把高香。蒙着红被面的碑子高大，水泥钢筋浇筑的基座沉重，小三轮车拉不到坡上去。于是先找来钢管架子、没有车厢的简易架子车，寻来两根洋槐棒子横在中间，用铁丝拧了。然后，门子两个叔父、姑父、妹夫和村里七八个人挽绳抬杠，小心翼翼将近一吨重的碑子移到架子车上。

抽根烟，稍事休息，又找来几个人，一起拉着碑子出发。我端着木盘走在前面，盘里放着蜡、香、纸、献果。一行人拉过一排人家，急拽着拉上百米大坡，再拉过两千米的田间小道，终于来到了西坡根。像从天上垂下的一道绳索，一条近乎直立的被酸枣树、野菊花和杂草快要淹没的小路，挂在梯田边上，旁边便是土崖。老坟就在半坡地里，不知道30多年前，人们是怎样将棺材抬上去的。我将盘放到坡上坟前，下来帮手。

一阵，众人起身，两根粗绳子挽系两边，八个人一边四个，将绳子背在肩背，一手在前抓绳，一手伸展拽绳，三个人在后面使劲推。石碑沉重如山，几人猛用力，绳子勒进肉里，腿走几步就酥了，打颤。路虽然修过，昨天还晒了一天，但前边淋雨时间太长，软掉了。轮子陷入了深槽。坡陡，空人攀登都气紧，何况拉近一吨重的东西。车倒溜，会砸到车后三个人；绳子滑脱，车会侧翻崖下，因此不敢松一口气。我们抓住绳子猛劲拽，用尽全身的力气。一步一步踉跄往上，每一寸路都仿佛变得无比漫长，时间仿佛都凝固不前，秒与秒之前好像隔着空荡荡的山谷。身体被一种向下的重量拽勒着，像洋槐棍子一样的骨头硬扛住这种拽勒，身体焗得一口劲气，像锅里的蒸气在体内雾腾，到最后，身体仿佛不存在了。终于拉过那段陡路，在一个敞亮处，我们将车身拧过歇息。

众人有的蹲在地上不言语，有的手叉腰长出气，有的侧着身子吐痰，有的松了绳子站在原位望着远方。松散了身体，表情虽然也笑，但都像木了，仿佛还沉浸在刚才的状态中没有回过神来，没有了出发时的活泛。爹喘着气，龇着牙往坡上望，看后面的路。我长出一口气，头上冒的虚汗是冷的，脸色煞白，腿酥软如面，胸口的气换不出来，胃也空虚，整个人感觉虚脱了，来一阵风就可捎走，一片树叶都可轧倒。想坐，不敢坐，怕坐下起不来；想上厕所，怕蹲下起不来；站着，还担心自己晕过去。但是，我看爹却没有这样的反应。他60多岁，瘦削，胡子拉碴。当年，他把檩条从秦岭扛回来，肩都肿了，都不曾喊一声痛。爹给每个人发了烟，他也抽上，淡淡的轻烟，在深秋的阳光中轻轻飘起。

不敢休息时间太长，怕松劲。拧头再上，阳光打在这一伙人的背上，一伙人像纤夫一样。后面的两截路在地中，土是松软的。车轮陷进去就不动弹，后面拿绳、扛杆的女人们也来搭手，推轮子。车子缓缓向上，身后碾下两道深槽。终于，拐进了一片花椒地，一排坟墓出现在地根。中间一个没有长草的土包就是爹要给立碑的爷爷的坟。

　　那个经常黑着脸的老人离开我的生活，安眠于此，竟然已经 35 年了。一个仓皇的四月的日子，我的头上勒了个白手巾，走进村里一户人家，被一个老太太斥了出来。我感觉到人们心中的惶惶和忌讳，也感觉到勒了手巾的自己和往日的不一样。院里垒了不少锅灶，人们中午吃萝卜块宴席，午后又在一片烟土缭绕中拆除，给院子留下一片空落。爹后来说，多少年恓惶地过光景，给爷看病，债台高垒，东借西借 40 元钱才安葬了爷。立碑子的事，当时根本无力再做。第二天晌午，院落被阳光照热。寂静的午后，妈锁紧了院门，绕到院子后面矮墙处，手高高扬起，将一个扁担撂进院去，扁担两个吊子在空中磕碰着发出窸窣的声响。扁担像一艘飞船飞过墙去，然后是"咚——当啷——"的声响，然后是空空的寂静。据说，亡灵会在这个时辰返回故居。

　　小时，爹偶尔带我来西坡。后来，每年的大年三十或者其他节日，他一人代全家祭奠，这里从生活中彻底退出了。35 年的时光改变了许多东西。今天，这道碑、这土包，把一个远去的人重新带回生活。我的思绪的挖掘机，挖过一轮轮记忆的土层。像一根竹竿，往心湖深处探溯；像一朵云追前头的云，寻找往昔印象的碎屑。我刚 5 岁爷就去世了，少不更事，爷给我留下的印象非常稀少，像绿豆稀饭里混进来的红小豆。

　　还是前年春节，全家族的人聚集给爹过 60 岁生日。他吹灭蛋糕上的蜡烛时许了个愿。酒喝多了之后，他吐露了心愿："给我爹立个碑。"我不知道爹是何时想到的这事。人活人，一个年龄有一个年龄想的事。爹活到他爹这个年龄的时候，想到了给自己的爹立碑，做 35 年前他无力做也没有做的事。没做的事，人最爱想。这个念想，不会是一年两年。像一个种子，在地里，慢慢生长的。世上的事物，往往是先在心中有，然后才最终有；先在心中长，然后才在地上长。今天这块石碑，可能最初在他心里，只是婴儿的手掌那么大，一年一年，长成了今天我们看到的这么大。可能，最初，这个碑轻轻的，像个孩子手中玩具般轻，一年一年长成了近一吨重；薄薄的，像冰凌那么薄，一年一年长成了一拃厚。几十年，这个碑子越长越大，在爹的心里越来越重，当爹活到爷当年的年龄的时候，他要完成心愿了。

但为逝去的老人在陡峭的西坡之上立碑，钱不是问题，人是问题。单凭三两个人无法完成，机械也很难使上劲，雇人无处雇，花钱无处花，全凭乡党帮忙。而现在也很少有人下死气力去为旁人帮这样的忙，何况年轻人都出门打工，为这一半天的事儿叫人回来，也是不妥的。从爹生日许愿到今儿，已经快两年。前段时间下霖雨，打工的好些人没出门，刚好昨日天晴，爹才下定决心叫人，行动！

世间多少事，今日以此事为最大。世间多少人，今日以这个坟包里的人为最大。一个儿子要偿心中30多年的愿。

墓前掘坑，沉入底座，爹双膝跪在泥土中，将底座摆正、摇实。在一片唢呐声中，众人用杠子、绳子将碑子吊起，慢慢沉落到底座内，将碑子竖起。碑子立正后，爹揭开覆盖的被面，碑子的真容显亮在众人面前：

"胡老大人之墓"，正中为这六个秀劲挺拔的大字。右侧，为生卒年份；左侧，为子、侄、孙、曾孙一长串的名字，包括父亲、我、妹妹和女儿。

父亲给这个无名的坟包立碑，将爷的坟从一排坟墓中区分出来。但是，爷叫什么名字呢？我在心中自问。爷活着的时候，为尊者讳，人们不说他的名字，我不知；他去世了，碑子上也为逝者讳，不刻名。今天，是给无名之人立一块无名之碑。爷当然是有名字的，但是活了一辈子，也只把自己的名字活在了几个人的心间。他没有做大官，没有为巨商，没有成文化人，他一辈子只是一个默默无闻的农民而已。无名之人，是的，无名之人。我或许有些遗憾，从虚荣心的角度来说，人们都想卖派祖上的荣耀，而我没有什么可卖派的。我确知的爷爷，就是这样一个普通农民，不会被历史书写的无名之人。地里一排安息在这里的老辈人，祖祖辈辈生活在这个山沟里的人，都是这样的无名之人。他们一生劳作于这个山沟，生儿育女，过生活，最后长眠在这里，不为人知。其实，在中国的大地上，在世界上，多少都是这样的人啊。给无名的人也要立碑，就像爹做的。再无名的人，他也在世上活过，他也把自己活在了几个人的心里。他即使走得再远、再久，也总在一两个人心里。就像爷走了30多年，也在爹的心里，在他的兄弟和亲戚的心里。

匠人着手用瓦刀和水泥灰垒砌，将石碑和底座连接在一起，石碑高高矗立在坟前。爹爬上坟包，给坟包把纸压上。然后下来，在碑前点好香烛，摆好贡品。长串的鞭炮炸响，响声回荡在山谷。我和妹妹、妻、女、外甥等一起跪在碑前。对孩子们来说，参加这样一个仪式，祭奠一个从没有见过的人，更多的是对仪式本身的好奇。一代人有一代人的思念，一代人有一代人的怀念，一代人有一代人的纪念。"给老子立碑是儿子的责任"，爹说，因此他拒绝了我对立碑一事的一切资助，只同意我带回几瓶好酒来招待村上帮忙的人。而对孙辈、曾孙辈来说，坟墓中的那个先辈是模糊而遥远的。

有人说，每一个人的一生都是一部长篇小说。这样说来，墓碑就是这部已经完成并定稿的长篇小说的封面。但是这部长篇小说的封二是空白的，没有内容提要，也没有主人公的生平介绍。看着这一片空白，我想，如果要总结爷爷的一生，该写什么呢？他的人生和历史他已经带走了。活在那样一个自己无法选择的时代，穷、苦如影随形。在我幼小的眼睛里，就没有过他的笑容，包括他留下的照片——他和爹在西安看病时，站在大雁塔广场，也没有笑容。记得他躺在南屋土炕上，我冒冒失失闯进屋，他侧身指着柜上一碗红薯说："给你爹妈端去。"爷爷那时消瘦异常，这个生于乱世，受了一辈子饥饿的人，临终之际上天又以食道癌剥夺了他进食的能力，令他在饥饿中离世。在他离世后几个月，土地就在当队长的他的儿子的主持下分了，前所未有的丰收来临，家里收获了超过往年十多年总和的口粮，可惜，他连一粒也吃不上了。活下来尚且如此不易，怎能苛求先辈有名无名呢？如果要在碑子的背面，在这个长篇小说的封二写一句话为他的一生作结，就该写：这里埋着一位受了一辈子饥饿的人。今天，爹就是为一个逝去了30多年被人遗忘的饥饿的人立碑。今天我们把水果、点心献在他的面前，让他的在天之灵飨用。

在心中酝酿30年后，爹用了3个小时的时间，终于为爷立了碑。这个碑让一个已经逝去的人重新进入生活，走进了后辈心中。没有见过面的后辈从此和这个人有了联系。我们的荣光与耻辱都与他有关。

纸钱燃尽，父亲将酒洒了一圈，后辈们齐齐在碑前磕头。

回到家，酒宴摆在阳光照耀的庭院中。我和爹给每一个帮忙的人敬酒。这场酒喝得每个人都开开心心。傍晚的时候，天变暗了，雨点来了。有人说，那是老人在天之灵的感应。

冬至记

> 冬至之日蚯蚓结,
> 又五日麋角解,
> 又五日水泉动。

最长的黑夜,最短的白日。一年之中的这一天,太阳把夏至长给雍峪沟的日光收回,又把短给的黑夜补上。它像一杆衡秤公道,不欠雍峪沟分毫。今天,雍峪沟内的山梁、树木和田野,在黑暗中多待了些时辰,晚一些出现在人和动物的视野。公鸡被黑暗遮蔽,叫唤得也晚了,崖上林子里的鸟儿也一样。炕上的人们在梦中醒来又缠绵了第二个梦,憋涨了尿泡。那些身段轻柔的炊烟,还是在天亮的时候,自屋顶向天空腾去,撑上的却不是往日早晨的云。

夜晚的黑皮蜕去后,石崖上的柏树丛,山坡上的黄色梯田,地里的青麦,河边的白色杨树林,场院边的蒜苗、青菜、白菜,依然影影绰绰。是雾霾。多少年来,沟里的人们只知道那是雾气,现在知道那含着霾。

雍峪沟不产霾，这些二流子霾是从外地游荡来的。雍峪沟人看得住自家的门户，挡得住进沟、翻梁的路，却挡不住这些霾，它们走的是天路。早饭是玉米糁子，辣子水水调白萝卜。婆娘端了碗，坐在热炕上吃；老汉端了饭碗，蹲在门前的石头上吃。长夜饥饿了肠胃，玉米糁子比往常甜香，老汉觉得老婆比往常心疼。案板上，老婆已经醒好了面，预备响午包饺子了。而外出打工的年轻人，还没有回来。

过年才吃饺子，冬至大如年。门前的小河，向渭河流去。渭河北岸，岐山脚下的周公庙里供奉着周公。传说，3000年前，周公姬旦用土圭法测影，将测得的一年中"日影"最长的一天定为冬至，为一年之始，成为节日。周公发现了与众不同的这一天，发明了一个节日，让雍峪沟里的后人们享用。冬至一阳初生。在这严寒的冬天与漫长的黑夜，先人发现的却是阳气的萌动，那一定是历经沧桑而又怀有期盼的心灵和一双智慧而又明锐的眼睛的发现啊，给人在漫长的冬天以春的希望。微弱的阳气，不能惊扰，需要安静地呵护。朝廷与民间，均散事以息。《易》曰："先王以至日闭关，商旅不行。"《后汉书》载："冬至前后，君子安身静体，百官绝事。"冬至节，行祭祀与祈福。《周礼》说："以冬至日，致天神人鬼。"家家户户的历书上，都记着。常去跟周公庙会的雍峪沟人，常常梦见周公，也熟晓周礼。雍峪沟今日的寂静，是几千年来冬至节的安静。

响午，雾霾渐渐散去，阳光越来越亮堂，草木和田野愈发清爽，没想到今日是个好天气。各家的饺子已经在黑老锅里漂涌翻滚。村里三三两两走动的人也回了家，端起老碗，吞咽一个个菜疙瘩，缺盐少醋也吃得津津有味。在这个村庄，生活比以前好多了，但因为长期的贫穷，对村庄的人来说每一顿变花样的饭，都是无比的美味，都是上天和大地对人的馈赠，要温暖人心好久。

声音

　　71岁的三舅爷失去听力，他比人生任何时候，都渴望一种乐器能在自己手中发出声音。

　　30年前的那个冬月，三舅爷家跟邻居骂仗，像多年一样，仍然没有骂赢。邻家婆娘跳得老高骂他的婆姨，邻居有两个青冈木一样的莽壮儿子，而自己的儿子还背着书包上小学，两个女儿出不上劲，自己就按兵未动没还嘴。

　　三舅爷是兄弟几人中，长得最矮最丑、脑筋最不灵光的一个。一个破烂的院落里，他过了几十年的光景。家族里的事情，从来都是哥说咋办他咋办；在队里开会，也光听别人说话，别人没听他拧次过一句话。光景过得抬不起头，活不到人面前去，遇上骂仗事，弟兄们也不愿出头帮他。

　　那年春节就过得不痛快。

　　正月十六去街上，有人在卖一面旧鼓，他临时起意，从买菜的钱中拿出20元买了回来。村里常装社火，有锣鼓队，但鼓手选的都是高大壮健的庄稼汉，因为要跟外村斗鼓，他只有扮演被高高地挑在杆子尖尖上的蔫老汉的份。这回买了鼓，他寻来个老太师椅做架子，又寻来两个洋槐木棒棒，鼓捣了一下午，削成鼓槌。

　　第二天中午，阳光照在院落，三舅爷灌了两口白酒，捉着鼓槌，来到鼓前。鼓面已经磨得发白，周边的鼓板也已陈旧，但鼓还是硬邦邦的。他扬起了鼓槌，一锤锤在鼓心，静悄悄几十年的小院为之一惊。二锤锤在鼓心，空荡荡的山沟为之一震。三锤锤在鼓心，天上绵绵的浮云为之一抖。一锤锤在鼓帮，心中的潮气挥发。二锤锤在鼓帮，心中的暮气四散。三锤锤在鼓帮，心中的晦气逃逸。一遍鼓壮了三舅爷的胆，二遍鼓鼓了三舅爷的劲，三遍鼓提了三舅爷的神。这个畏畏缩缩了一辈子的小男人，胳膊有了劲，眼睛有了神，脸上有了血。于是，像山炮烈响，似群马疾蹄，若暴雨砸地，鼓声飞出院门，飙出院墙。三舅爷觉得自己比大杨树还高大，比大犍牛还强壮，鼓声就像他心底的吼声，生命的呐喊，震天撼地。

　　坡上的树木，地里的麦苗，河里的水，听得出神。村里零零散散的人听得鼓声，有些觉得奇怪，有些认为神经，有些不以为然，有些装没听见，有些嫌吵偷骂。三舅婆在菜地里听得鼓声，红了脸，暗骂老头子动静太大，拔了两把蒜苗，就急着往回走，路边的酸枣枝扎了裤腿，也没感觉。她走进院门，三舅爷浑身大汗淋漓，正嘴里念叨着口诀，抡起鼓槌。

　　三舅婆刚张开嘴，只听沉闷的"噗"的一声，一只鼓槌陷进了鼓肚子里。三舅爷一愣，将鼓槌撂在地上，坐在房檐台上呼哧呼哧喘气。三舅婆分明看见一张20元的人民币，就这样被戳成了大窟窿。她想骂，忍住了。年都过完了，还有打的啥鼓哩？三舅婆说。我今儿才过哩，咱过咱的年，想啥时候过就啥时候过！三舅爷言语铿锵。这个年过圆满了。

　　三舅爷从此对发出声响的乐器有了不寻常的感觉。

日子一天一天过去。三舅爷种点菜到附近的工厂卖，换几个零花钱；到附近干零工，给孩子赚个学费和衣服钱。天不亮匆匆出门，天擦黑忙忙回家，到夜晚鼾声如雷。期间，夹杂着麦种秋收，鸡飞狗跳，儿哭女闹，盐咸醋酸，日升月落，勉强维持个肚子饱，手头总是紧紧张张。世界上谁也想不起，这山沟沟、河畔畔，还有这一家人在过着这般光景。

　　也有乐趣时。夏收罢，村里要唱戏，请不起大剧团，就叫了台撒猴戏。戏台子搭在麦场上，夜晚，鼓"咚"的一声敲在人的心上，紧接着急如雨点，越来越密。"哎哎……呀呀……"山呼海啸，撒猴在台上翻舞，三舅爷血管中的热情又在一瞬间点燃。他坐在台根脚，看着文武场面，敲鼓的人，抑扬顿挫，动作潇洒；耍撒猴的人，收放自如，时而踱步，时而跑圈，唱得欢畅。全村的老老少少，看得津津有味。特别是中间一折丑角戏《穷乐观》，老汉道："原以为人生是住金殿，结果是上当受了个骗。受罪占的是多一半，少一半还是个不松烦。……好人一生多灾难，瞎人反倒是很平安，出力的人不挣钱，挣钱人不动弹。朋友围着酒肉转，夫妻凭的是米和面。灵人哄着吃笨人的饭，笨人给瓜人可挽圈圈……"一句一句说到了人心里。村里人一句一鼓掌，一声一大笑。当村里人给演员搭红被面时，三舅爷觉得，敲鼓敲锣唱大戏是件非常荣光的事。回到家，他把面盆扣在案板上，拿起筷子，敲起"鼓"。边敲边哼起了学来的唱词。家里人以为他得了癔症。他年轻时看一点秦腔，不是特别喜欢，现在迷上了。戏，给这个以一米五的个子挑着一家五口人生计的农民，在紧张颇烦的生活中透透气。

　　乡村寂寞，除了新年，留下一沟的空空荡荡。但也有喧闹的时候，那就是过红白喜事时。一年秋天，同村的李家给儿结婚，请来响器班子。待客的宴席搭在街道，宾客人来人往，欢快的音乐就飘荡开来。吹唢呐的中年汉子唢呐李鼓起了腮帮子，先吹《一枝花》，众人静神，继吹《抬花轿》，众人微笑，再吹《喜洋洋》，大家欢乐，后吹《合家欢》，众人鼓掌。给人家帮忙担水的三舅爷，叫不来曲子的名字，听不来曲子的曲谱，但就是觉得那声音好听，让人听了心里舒展，心里受活，担起水来好像有使不完的劲。

又一年冬天，三舅爷的老叔父去世。下葬那天，午饭时，唢呐手在院中，对着席棚中就餐的亲朋表演绝活。这个是比唢呐李名气还大的唢呐王。只见他先拿出一只小唢呐，鸟儿鸣叫般的激越的乐音冲向天空，紧接着拿出一只大唢呐，一并噙在口里，两手演奏。一阵，旁边人又递过一只唢呐，他噙在嘴里，三只唢呐的合奏，更为激越。最后，当第四只唢呐抿在口里的时候，人们大声叫好。旁边看热闹的老汉们叼着烟嘴，却不为所动，只微笑着。这时，一个好事的后生将一页红砖放在了一排唢呐上，吃饭的人吃了一惊，筷子停在空中；又一个好事的后生，将另一页红砖放在了前一页砖上，吃饭的人将筷子放在了桌上，眼含愤怒。激扬的唢呐从两页红砖下的四只唢呐里飘出，从一翕一鼓的腮帮里呼出，从四方圆脸的大脑袋里涌出，从这个一米八的铁塔般的汉子的身体里挥洒而出。人们安静地倾听，沉浸在那一片乐声里。这时，又一个后生，将一个高高的热水壶架在了砖上，人们瞪圆了眼睛，心悬得更紧。婉转的音调，依然流畅地从唢呐里地飘出，没有中断和摇摆。一股子激情，在众人的心间盘旋激荡。一个媳妇将一瓶西凤酒放在了水壶的一边，另一个媳妇将五盒金丝猴烟放在了另一边，那气壮山河的乐音，就在那一座山下倾泻而出……

当众人回过神来，当掌声快要掀翻屋顶，当主家用盘奉上被面、礼金的时候，三舅爷却悄悄地走出院门，来到场边，望着对面的山梁。他的心被唢呐的伤情的声音攫住。与刚才喧闹的演奏相比，他更受感动的是早晨在坟地里演奏的悲伤调，尽管不知道名儿叫什么。看着山梁跌宕的线条，那一声声送过这片土地上无数老去的农民的伤情的唢呐就在心中回旋，三舅爷的心久久沉浸其中……一介草民，生活在秦岭脚下这个不为人知的小山沟里，寂寞地生活，沉浸在唢呐声中的这一刻，是活人活出滋味的一刻。

过了好多年，一天，三舅爷骑着自行车到家里来，让父亲跟他去看一样东西。他们来到南村，敲开一户人家的大门，主人搭着梯子带他们来到楼上，几个箱子摆在面前——撅猴箱底。几十个撅猴人儿，躺在七八只箱子内，穿着半旧的绸衣，或怒或笑，或矜或喜。旁边锣鼓家伙堆了一堆。父亲才明白，这家人的爷爷耍过撅猴，爷爷去世后，撅猴没人会耍，箱子又占地方，就想2000元处理了，三舅爷闻讯动了心。他自己跑来看了一回，找个同村的朋友来看了一回，又找来父亲参谋。父亲说，"回去再商量商量"，就拽着三舅爷告辞出了门。回去问三舅爷："你咋想到买撅猴了？现在谁还耍撅猴哩？县剧团都破产了，演员都卖西瓜去了，拉二胡、吹唢呐的，都卖衣服去了，那些名演员都上红白喜事维持生活了。人家现在唱省戏曲研究院的戏、易俗社的戏，县剧团都没处演戏，谁还叫你这个撅猴戏哩？你想想，这几年，哪里唱过撅猴戏？况且撅猴戏要一个班子十几号人演哩，你买回去，一个人在屋里耍呀？你打工一月才赚200元，娃上学都贷的款，我妗子还有病要吃药，你把这钱花出去，这窟窿啥时候补上呀？"父亲的一番问话，一个个问到要害处，三舅爷热乎了一个月的冲动的心这才凉了下来，没有做成撅猴梦。

说到三舅婆的伤，也与三舅爷有关。有一年，三舅爷看别人买三轮农用车，拉粮运货很方便，就买了一个二手小三轮摩托车。他三下五除二学会了挂挡、加油、刹车，就上路了，开得还很疯。一次，他准备拉三舅婆去街上看戏，三舅婆从门前上了车，蹲在车厢内。这时，村里一个婆娘经过，问做啥去呀？三舅婆出于礼貌站起来答话，哪知就在站起来那一瞬，三舅爷发动了摩托，车往前一冲，三舅婆就从车上翻了下来，跌在地上。送到医院，幸亏脑颅出血不多，及时救治了，但却落下了腰椎病，常常要吃药止疼，有一段时间甚至连饭也做不成。两个女儿已经出嫁，他只得又做地里活儿，又管家做饭，侍候三舅婆。

　　三舅爷的事情，我是听父亲断断续续讲起的。算起来，从在外地上大学起20年，我一直都没能再去那个山沟。今年冬天，我和妻子在老家待的时间长。冬至过后，突然降温，冷气在淡淡的阳光中沁人骨髓。我们随父亲翻过两道山梁，来到这个20年未来的小河沟里的村庄，上几户老亲戚门上拜望。村庄岑寂一片。村里人家大多盖起了高大的楼房，门前的路打成了水泥路，但在村庄南头，一户大瓦房门前荒着，柴草拥门。过了这家，一座土院子紧挨着田地。进了几根木头支起的门楼，院中土厦房还是20世纪80年代的模样，厨房安在窑洞里，一点都没改变。父亲呼了一声"三舅"，推开吱吱呀呀的木门。进得屋中，屋内支着小桌、炉子，头仿佛一下要顶到天花板上。三舅爷和三舅婆下炕笑脸相迎，说："赶紧上炕，暖噶。"

　　三舅爷是个又矮又瘦的老头，笑容依然和孩童一样，有一种纯真。他说，今年71了，耳朵也背了，虽然戴上了助听器，但跟人说话常常牛头不对马嘴，我们笑着听他说。他的两个女儿已经出嫁，儿子是这一坨村庄第一个大学生，给家里争了光。经常给他家找气受的那一家人，老一辈全入了土，小一辈一个去世，一个离开了。但是儿子所在的企业也不景气，家里经济还是紧张，房依然是几十年前的老房子。

　　在屋里站了几分钟，他忽然神秘地对父亲说："舅收拾下个东西哩，你给舅看看。"进得里屋，三舅爷从腰带上解下钥匙，打开了一个暗红色的木柜子，摸出了一个东西。褐色的光滑的木头管子，一头大一头小，上面有两个眼眼。"你看，这寻上个嘴嘴，能当个唢呐不？"父亲一看笑了，他就是一个唢呐手。他把这个东西拿在手里翻转了两下，说："这啥都不是，只是一截木头而已。"

　　"这是我从一个工人手里要来的。我一直想把吹唢呐学会，他们说让你看看，你是吹唢呐的。"

"吹唢呐要大肺活量，50岁练都觉得晚，你都71了，还学这干啥？学乐器还得有点天赋。"父亲在他耳边大声说。

三舅爷，像一个在老师面前问错了题的学生一样，但并没有失望的情绪流露，依然笑着。

那截木管，也长了几个眼眼，像一个人有几个口窍，却终未成为一根可以造声于天地之间的唢呐，就像三舅爷未能成为一个传声于山野乡亲间的唢呐手一样。

"71年的岁月都没伤了他。"妻对我感叹说。

小寒记

> 小寒之日雁北乡，
> 又五日鹊始巢，
> 又五日雉始雊。

雍峪河的水，由凉变冷，结了冰。鱼不能像鸟儿张翅飞到南方，不能像人一样钻进被窝睡到热炕上，咋过这冬天？女儿的担心，让人心疼。我没有告诉她，这只是三九，小寒过后还有大寒，雍峪沟最冷的时光还没有到来。

天阴沉沉的，山梁、沟谷、人家，朦朦胧胧，有霾。城里，车限号出行，娃们停课窝家。村里，架子车没有号，也不限行，但也不行了。偶尔有几辆摩托车，上来下去。村里的小学空闲10年，娃娃们在山外上学，霾了便也顾不上回来。家家的头门，还像往常一样，望着同一个方向。开着的半扇头门，人走的时候少，风走的时候多，像半张的口，告诉村人：家里有人。门神，敬德跑了，秦琼只剩下半个身子。

人不见出来，风在路上行走，在麦地里撒野，在树林里呼呼。空空荡荡的水泥路，石头、树枝僵在远处，枯叶随风打旋。麦田里，麦苗看起来柔柔的，却撑得硬，看不见摇摆。树木瓷瓷地站在崖头、门前、河边，洋槐不语，梧桐不言，柿树沉默。风就盘桓在村庄，无聊、无趣。小寒时节，村庄打不起精神搭理它。它咋呼了那么长时间，也没有把雾霾吹走。

恰逢腊八节。母亲在西塬照顾小舅舅，抽空回来，给父亲做腊八粥。粥，是由陕北旱地产的谷米，坡上种的红豆，山东的花生仁，银川的枸杞，新疆的葡萄干和井水熬成。软柴火，黑老锅，火光照亮了厨房，也温暖了人的心房。"突突突突"冒泡溢气，粥渐渐入了味。稠稠的一大碗，汇聚了四方地气、八时精华的粥饭，就着萝卜叶叶菜，一口口喝下。粥入热肠，胃暖乎乎的。小寒的寒气，就让这一碗粥驱散了。山村的人家，上苍自有温暖让你度过寒冬。

夜幕早早扯上了，村庄比白日静得沉实。而年，已经在人的心头滋长。

第二十三张奖状

　　班车的门打开了，一股凉风迎面呛来。少年背着书包下了车，将棉袄的帽子拉起戴在头上，朝南走去。

　　一望无际的麦田铺展着干燥的绿色，路在麦田当中画出了一道直直的白线，两边稀稀拉拉站着行道树。田野一如往日般寂静。少年迈步走在坑洼的旧水泥路上，心里略略有一种轻快。今天是腊月二十四，他从学校领来了通知书，寒假正式开始了。对这个正上初三的寄宿生来说，冬天的学期是最难熬的，现在终于要回家了。旁边偶尔有一辆汽车呼呼驶过，惊起路边的叶子，旋又归于平静。

　　走了二三里路，进了一个村庄。走过村庄的时候，又看到了那个凋敝的学校。围墙内，操场上乱堆着砂石、木头、垃圾，一栋又长又高的蓝色教学楼有些灰暗，而两层的教师宿舍楼看上去快要塌了。这是爸爸和妈妈上过学的地方。爸爸不爱上学，上到初二就辍学了。辍学之后，学了厨师的手艺，跑到北京去打工，一打工就几十年。虽然户口还在村里，但户口从没管住这个人。爸爸大概没想到，自己的儿子以后会和自己走一样的路去上学，而且走得更远。撤并乡镇之后，又撤并学校，乡上这所学校地基出现问题就被裁撤了，男孩只能走更远的路到另一所初中读书。一代人和一代人之间的轮回，只隔20多年。

穿过村庄的老街，继续南行。这时一列长长的和谐号列车从前面的高架上飞驰而过。过去一阵了，那银白色还在淡淡的冬阳下闪着光，像是天外来客一样，给人一种不真实感。爸爸就是坐着高铁走的，高铁带他去了北京。男孩也坐过高铁，还是在上幼儿园的时候，那时眼前的高铁还没修呢。那时候的爸爸最厉害。他当了一个小饭店的经理，帮老板管理饭店。他从老家招了一批亲戚、乡党干采买、做饭、端盘子的活儿。妈妈也在那个饭店当了服务员。爸爸把他也接到北京，送进附近的一所幼儿园，由奶奶接送。一个周末，爸爸说带他们去坐高速列车。奶奶、爸爸、妈妈和他从北京站上车，坐上了京津高铁。树在窗外飞过，看不真切。奶奶倒了一杯茶水，茶还没凉，就到了天津，海河就波光粼粼在窗外。"爸爸，这是最快的火车吗？""应该算是吧，哦，不，最快的是上海市区到浦东机场的磁悬浮列车，比这还快！"他一直想知道磁悬浮列车到底能有多快，能像飞机一样吗？爸爸豪迈地说，以后带你去坐！爸爸的话经常像风一样，一张口就飞没影儿，从没实现过。就像他常说，他把最后这个几亿元的单子签了，就带着钱回老家寻个活儿干。那个单子签了10多年，还没签成。

他想到了爸爸说过的话，爸爸现在是什么样呢？他的脑海里浮现了爷爷、奶奶的脸，就是浮现不出爸爸的脸。爸爸去年过年的时候回过一次家，吃过一回饭，然后出去打麻将、喝酒，走了两天亲戚，然后，就没然后了，又走了。10年见面的时间加起来不到半个月。一张脸要不断地看，才能留在眼睛里，一个人要不断地认，才能记在心里。在他15年的人生里，爸爸一直是遥远的存在。

高铁甩在身后之后，爬上一个慢坡，路进入了两道塬之间的一道山沟。西坡是层层梯田，一棵棵嶙峋的柿子树，曲折着枝条，站在地里。路沿着坡根向前延伸，越往前，沟越窄，越寂静。路上连一个人影儿也没有，连一只鸟儿也没有。若是女孩，家里人是不放心一个人走这儿的，但他是男孩，家里人从不担心。身上略微有些热，少年就将头上帽子掀到了背后。"噢——噢——"心血来潮，他吼了两声。沟谷回荡着他的声音，但很快又没了，更深的安静笼罩了一切。

路分了岔，窄了。少年沿东边那条路往上走，转了几道大弯，坡上一个坟包映入了眼帘。坟包已经有些旧了，和土地融为一色，不像刚埋下时，土色很新，很醒目。少年本不想多看，但忍不住又看了一眼。那个曾经温暖过自己的人，那个只能悄悄在照片中看的人，那个无数次想在梦中梦却梦不见的人，在这里。是妈妈。妈妈的面容似乎也不那么真切，在照片上她那么年轻，像个小姑娘，但她成了母亲，生了他，给他喂奶，养他，陪伴他到七岁。她出了一趟远门，就再也没有回来。

那年，爸爸跟老板闹翻，北京的活儿干不下去了，带妈妈去了外地。一天傍晚，他开车往住处返。天色灰暗，前方一辆大货车好像在行驶。他开到跟前，发现原来那辆车是在路边停着的，闪避不及。小轿车直接冲到货车下面，坐在副驾驶位上的妈妈当场身亡。爸爸在医院昏迷了两个月，最终保住了性命，但对当天发生的事情失了忆。经过一番难言的煎熬，爷爷和家人带回了妈妈的骨灰，安葬在这片地里。爸爸在三个月后带着一脸的伤疤回到家里休养，他一脸无辜地问："到底发生了什么事？"

这些事情，都是他长大一些后，奶奶告诉他的。他不愿多想这些。在他的心中，或许妈妈还在什么地方，有一天她还会回来，就像爸爸也不知在什么地方，但总有一天会回来一样。

一片洋槐树林出现在坡上，几只长尾巴雀儿在枝尖跳跃。看到少年，雀儿们啾啾叫。少年端详了他们一眼，又继续走路。远远地，一排人家出现在视野。他能准确地判断出自家瓦房的位置，上面似乎隐隐约约飘着一股烟。炊烟让少年心中感到踏实，感到温暖——奶奶回家了真好！奶奶是昨天前从医院回来的，这回住了15天医院。高血压、心脏病……奶奶身上得着各种各样的病，动不动心慌气喘，血压上200，随时有危险，一年住四五回医院。奶奶住医院，爸爸从北京打来电话，人却从来没回来过。奶奶住院，爷爷陪护。爷爷也一身病，不敢久累，一次两人同时在两地住了医院，只得请了一个亲戚来照顾奶奶，爷爷自己照顾自己。爸爸不回来，奶奶说要做手术，他才寄回来三四千元，人却不见。

"你爸，我们这辈子是指靠不上了，就靠你了。"爷爷寒心地说。

"爷，你放心。有我哩！你们老了我管。"

"你爸小时候也这么说来。现在我们已经老了。"

奶奶说："你快快长大吧。"

在这个家里，奶奶就是妈妈，爷爷就是爸爸。奶奶生病，常不愿意去住院，她操心孙子周末回来要吃饭，要换洗衣服，所以在医院里住着，还念叨。他周末回来，家里冷冷清清，一个人洗了衣服，去一个亲戚家吃了饭，做作业。晚上关了门，风吹过，觉得院里房里好像有微微的脚步声和响动，往往睡不着……昨天听说奶奶和爷爷也从医院回来准备过年，他心里觉得踏实多了。快快长大吧，自己也这么想，能给家里挣些钱多好。爸爸北漂20多年，给家里的钱不超过30000元，常开空头支票。有一年春节回来，年三十给了奶奶5000元孝敬钱。吃饭，喝酒，打牌，正月初三说急用，从奶奶那里支走了2000元。等正月初十，又说自己买火车票急用钱，让奶奶先借给他3000元，以后加倍还，否则就走不了。5000元拿了又拿回去了。他再不能像爸爸一样做人。他原先想去当兵，后来听说当兵也要高中毕业，他还不知道自己能不能考上高中。还有同学说，现在汽车越来越多，学汽车修理能赚钱，他想以后去学汽车修理的手艺给家里赚钱。

过了河，进了熟悉的家门，进了里屋。

"我娃回来了。"奶奶一见他很是惊喜，从炕上下来，帮他把书包卸下来放在柜上。

少年拉开书包，取出一沓寒假作业，一张奖状带了出来。奶奶轻轻拿了起来，捧在手里，像拿着一块金牌，展在窗户漏进来的阳光里。她不识字，只能看来孙子的名字。但那些字一个一个都端端正正，长得乖的，她用手挨个儿摸过去，像摸字的面庞。她没敢用劲，怕自己的手粗糙，划伤了字们。

每年的这个时刻，是奶奶最幸福的时刻，也是少年最幸福的时刻。

奶奶从抽屉里拿来胶水，手颤颤巍巍，在奖状背面四个角抹上。然后，爬上炕，将奖状端端正正贴在了北炕头墙的右下角，用手将四个角角轻轻抚了又抚。

这面墙上全是奖状。从幼儿园，小学一年级、二年级，一直到初三，全是少年获得的奖状，奶奶全细心地贴在了这面墙上。这么多年，这些奖状陪着爷爷奶奶度过白天夜晚，还有那些病痛折磨的时光。今天贴的是第二十三张奖状，上面写着："郁萌飞同学在期末考试中成绩优异，被评为学优生，特发此状，以资鼓励。"

奶奶从炕上下来，满意地看着这面奖状墙，笑了。

看着奶奶久违的笑容，少年的眼睛亮晶晶的，一路走来的寒冷和孤寂在此刻都融化为暖流。

大寒记

> 大寒之日鸡始乳，
> 又五日征鸟厉疾，
> 又五日水泽腹坚。

天是白的，日是白的。日，是挣破白白的天心而显的一坨，染着晕。日没有一丝暖的气息，雍峪沟又空又清，像是透明的。崖头的几棵药树，孤孤的主干，斜向天空。最高一根上，悬挂着一颗巨硕的人头蜂巢，像示众的首级。蜂已蛰伏，鹆过无数颗柿子的老鹆，已用尖嘴将巢内的幼卵食用，将蜂巢鹆出几个洞洞，让夜里穿过的风哭。院内，核桃树的枝条，伸挓在屋顶之上，一动不动。老碗粗的梧桐树，树顶抽出几根修长的枝条，其间夹杂着折断的一簇枝叶。门前，几片蜷缩的黄叶子被赶着往前翻滚，脚一踩，刺啦一声，响亮地碎了。往河里一看，白白的冰盘踞在大石头的空隙，听不见水声，河是干的。河沟的洋槐树、杨树、柿子树等兀自站立，有些直腰，有些斜身，有些侧棱，有些驼背，有些似僵死之蛇，有些如舞蹈之伶。几簇玉米秆斜斜挎挎，依靠在树干上。坡上，落积着枯烂的叶子，摆着几捆干掉的辣椒秆秆。唯有几簇竹子，绿着枝叶，轻轻晃动。

场里，麦草垛默默地蹲守。一行大葱，叶子枯黄似草，要被埋没在一色黄土里。细瞧，有个别的绿茎，昂扬挺起，尖尖直竖，有些则歪歪斜斜，倒伏在土里，成为黄色中绿色的点缀。翻过的一绺干疙瘩土旁边，一片是菠菜，深绿的叶片窝在黄黄的杨树叶的空隙；一片是小白菜，已经剜取了菜朵，只留下根部的余叶烂在地里。

场边，是一大片麦田。一大方像毯子似的绿色铺展在这里，像是天上的绿茵足球场掉落到沟里一样，又像是从春天空降到冬天来的一样不真实。这一片绿色，静谧、安然，润泽人的眼睛，一扫黄色的山梁、褐黑的树木还有黄土的苍凉之气。但慢慢走近，绿色淡去，麦田里夹杂着枯叶，麦苗的叶子干干的，有些拧着，一个个都在抖动。风不知从何而来，若无骨，只有在竹叶和麦叶的尖尖上才能寻到它的痕迹。

家家门户洞开，却不见人影，门框上的对联旧了。人明显感觉到今日与昨日地气的不同，都加了衣裳。女人穿上了绿色的厚棉袄，男人穿上了厚棉裤。女人给炕眼喂饱了柴火，把炕烧得热乎乎的，一整上午不下炕。午饭是一大碗面条，绿的蒜苗、黄的鸡蛋、红的辣子堆在面上，男人搅匀后吃得哧溜哧溜。女儿回娘家帮忙来了。男人从窖坑里掏出两大鏊笼红萝卜，女儿加了件棉背心，又戴了帽子，将结冰的水龙头用麦草火烧化，用盆接了水倒在鏊笼里冲洗，然后摇着鏊笼，红萝卜就在里面挤疙瘩翻滚，在白白的日头下。

春节就这样到来了。

春节

年集

年气氤氲在年集。

腊月廿六，我顺着人流走进这个小时父亲带我跟过无数次年集的高店老街。公路东西穿镇而过，两条主街道南北向并列，东为正街，西为背街。30年前，街上主要是瓦房，商铺主要在东街，铺面有两层，木头营造，一层是木板做门，用来营业，二楼有木窗和雕刻的木花纹。现在这样的铺面只剩一家，在街口，整个街道的房屋基本成了砌着白色瓷砖的楼房。原先规整的正街，因为太窄，成了背街，原先不成形的背街因为宽阔成了正街，真是三十年河东三十年河西。

我从西街往里走，人流熙熙攘攘，四里八乡的乡亲冒着冬寒来跟集。

肉是过年跟集最操心的。旁边的一溜子肉架子上，半扇整扇的猪肉，皮白生生的，里面撑着带血的骨肉。瞧，这一整扇肉足足近两米长，看来是一头大猪杀的，威壮敦厚。卖肉的汉子，穿着蓝色罩衫，正用一把剃须刀细心地剃着留下的绒毛。一个50多岁的烫着红头发的女人搭手翻看，问："咋卖？""一斤8块！旁边的肉一斤7.5块。"今年的肉价好便宜啊，跟菜价相当。旁边的桌子上，一堆赭色猪心、猪肝和肉皮旁放着几颗猪头。这些"二师兄"，一个个白白净净，支棱着长长的耳朵，尖嘴朝天，眼睛眯着，仿佛在微笑，憨态可掬。最有趣的是一个将舌头抿在唇角，仿佛在馋旁边饸饹摊子上飘来的香味。

我想起小时候，买肉是父亲心里的大事。那时日子过得紧巴巴的，年根要账的就上了门，连年怎么过下场都是愁肠事。一年到了腊月根，实在没法，父亲将在院中栽仓装玉米棒的十几根椽拔了，又将墙根堆放的几根椽拾掇了一下，扎绑了一架子车，喊上我，到街上去卖。我们拉着椽，走了4里路，才从山沟里出来，又从公路往东拉。别人坐着班车，骑着自行车，从身边匆匆而过。我们父子俩拽着车，步步前行，满头大汗。过河时，上坡的路特别漫长，父亲在前面死命拉，车绳勒进肩膀，我在后面弓着身子，狠劲掀。待拉上坡，浑身没了一点力气。走了半上午才到了街上的木头集。那时这里的木头集非常大，在省内外颇有名气。等啊等，饥肠辘辘。在午后两点，终于等来一位主顾，父亲也没敢硬要价，28块钱把一车椽卖了。父亲带我去吃了一碗5毛钱的热乎乎的片片面，花1.2块给我买了一只红色钢笔，然后到了肉市。他在集市走过来走过去，挨个问价，在心里比较着盘算着。我的脚都走疼了，他终于给家里割了12斤肉。肉用葛条扎着，提起来一挂子，沉甸甸的，虽然皮冻硬了，但里面红艳艳的，看着赏心悦目。父子俩提着肉，拉着架子车开心地回家了。买了肉，那一年的年就过好了。

受天气和行情影响，年集肉价波动非常大。什么时候买能买到好肉，还能少掏钱，颇费脑筋，要参考多年年集的涨跌曲线做决断。村里一个叔叔割肉的故事给我印象很深。有一年天气晴好，到了三十下午，肉价大跌，他最后割肉拾了便宜，多割了几斤，过了个肥年，让村里人羡慕。到了下一年，他又等三十这一天，结果天降大雪，街上的肉价格猛涨还早早卖完。他冒雪骑车跑了30多里路，到另一个镇上去割了十来斤肉，全是高价，不买不行，媳妇在家里把锅烧开等着给娃煮肉呢。那个时代，人难得吃肉，肚子好像老饿着，除了村里过红白喜事，就到了过年时能吃点肉解解馋，尤其爱吃肥的。谁家过年能提个猪头，那才叫把年过美了。

簇拥着肉摊的是菜摊子。目光巡视过去，架子车厢内簇拥着青青的蒜苗，自行车后座的板子上嫩生生的韭菜伸展长叶，一片彩条布上堆着绿生生的菠菜，一根一根的红萝卜码得整整齐齐装在薄塑料袋内，一捆捆挺拔的葱，白头白、青头青，被红塑料绳子扎了三圈，依偎在红萝卜袋旁。旁边的调料摊位上，八角、桂圆、辣椒……几十样一应俱全。旁边的一间门面房里，堆着山似的粉条，旁边炉子上的锅里煮着样品。甘肃产洋芋，洋芋粉好，这家店卖甘肃洋芋粉条好多年。母亲年年来这儿买，我知道。一个女人从店里提了一蛇皮袋粉条出来，一个女人从红萝卜袋子里拿出一根端详。拿粉条的女人喊拿红萝卜的，俩人一抬头，看到了我，都笑了，招呼我——是村里的两位嫂子。天冷，她们包着头巾，我都没认出来。她们结婚时，我吃过酒席，闹过洞房。她们当年轻媳妇时，家里的厨宴年集有公公婆婆操心。现在她们的孩子也到了婚嫁的年龄，一家人的过年跟集就由她们主办了。过年宴席，合盘是领头菜是圆心，粉条是合盘的主力。粉条太软断成节节，夹不到嘴里，太硬煮不软，夹到嘴里嚼不烂，所以粉条的火候直接影响合盘成败，影响年菜的整个大好局面。过年，待客主食是臊子面，臊子面离不开猪肉臊子，也离不开红萝卜素臊子。红萝卜不好，燥的臊子不可口，臊子面就做不好，臊子面吃不好，亲戚就算没待好，所以这两样一定要买好。像一个建筑师，虽然手里挑的是一砖一瓦，但心里已有一座精美的房子。买菜的人虽然买的是一捆粉条、一袋红萝卜，或者一把蒜苗一根葱，但脑海里是一盘盘菜在锅里翻炒，在盘子里冒着热气，在亲友们的筷子和嘴唇间生发香味。

一街两行卖肉菜的，卖衣服的好像少了。我仔细搜寻，确实是这样。也不难理解，这几年，农民买衣服去县城或者市里大的商场买，或者在网上淘宝，集镇只卖一些老人娃娃的衣服。父母今年过年的新棉衣，也是妻在城市里的商场买的。上世纪80年代可不是这样，每到腊月，母亲操心的就是给全家人买衣服。那时，她纳鞋底，给每人做一双新布鞋。妹妹的鞋用红灯草绒做面子，很漂亮。衣服就到年集上买。那时，卖衣服的一家挨着一家，每家店在街上两面用竹子搭起架子，架子分四五层，上面满满当当挂的是各种西服、夹克、棉袄、毛衫、裤子等等，看中哪一件，卖货的就用长长的竹竿钩子挑下来。人们试衣服直接就站在衣架前试。西服直接套上身，裤子直接搭在腿上比长短，还有直接套上试的。没有试衣间，当街试衣服的时候，还特别要提防着小偷，小偷这时最忙了。时不时听见，试衣人因为丢钱包和卖衣服的吵架的声音。那时，西服流行大开领，但洗两回，就起泡，有了褶皱。过完年，村上人穿着这样的西装下地干活，也出去打工。

年集上最喜庆的是红红绿绿的灯笼、对联、门神和年画，挂在墙上，摆在摊上，看着都鲜艳悦目。灯笼一个个挂在铁丝上，是宫灯，有椭圆的，有纺锤形的，大红颜色上面印着金黄图案和祝福语。对联一副副挂在旁边，有些红底黑字，有些红底金字，是印刷的，话语皆是"富贵吉祥""平安如意"之类，像一帘帘的瀑布。记得早年还有一个瘦瘦的戴着绒帽的老先生当街伏案挥毫书写，卖对联，一副一元钱。桌子上放一本卷了角角的对联书，买者可自挑话语，孙女给他裁纸收钱。写家一看没有临过帖，信手而写，却也大胆率真，自成一格，买者也不计较，只要话语好，就买了，我就买过两副。不知道这位老先生现在还在不在世，他是乡村的一个老秀才，我家的门楣也曾因为他而生辉过呢。尽管现在印制的对联大气，但是手写的对联还是有味道。

年是人的节日，也是神的节日。早年，村里人住土厦房，入门是土地堂，有些筑堂高大，有些几页胡基垒成，贴土地爷神像，两边对联云"土中生白玉，地内产黄金"。灶房有一神位贴灶神，联云"上天言好事，下界纳千祥"；牲口圈里贴弼马温神像，联云"五谷皆丰登，六畜更兴旺"；仓库里贴仓神像，联云"年年取不尽，月月用有余"；还有天地神位，联云"天为人之父，地为人之母"。天、地、土、灶、五谷、六畜，这些与人们生活息息相关的事物，都有自己的神，都要敬好。除了弼马温是个猴子外，其余皆是老头造像，和蔼可亲。首要的却是门神，双手握钢鞭、怒目圆睁的敬德，纵马舞锏、目光澄澈的秦琼，皆飘带御风，威风凛凛。他们是门户的守护神，在大门上把门。小时候，我认为这些皆是迷信，但老人们对此特别看重。现在人们大多住了楼房，青年人出门打工，家里也不再养六畜，原先的讲究许多烟消云散，在家里也看不到了。现在这些已成为民俗的一部分。其实这些造像也挺有意思，反映了人们的美好想象和向往。可惜街上卖的门神、财神、仓神、土地神、玉皇大帝等神像，皆为印刷或者塑料制作，无论造型还是色彩，都是不能和早年的木版印刷相比的。看着这些神像，我不知道现在还有多少人买，只我在旁围观的一段时间内，没有人买，倒是"福"字，不断有人来问，妻子也买了一对。人们的观念还是在变，但是我想，神像可以不请，但老祖先代代承传下来的对天、地、人、五谷、六畜的敬重，该不该淡漠呢？山河农田食物污染，人际关系紧张和淡漠，内心浮躁焦虑，会让我们失去敬天、敬地、感恩土食的祖辈身上所拥有的安详。

鞭炮、烟花，城里已经绝迹，这里一卷一卷、一筒一筒还在售卖，它们是为寂静一年的乡村增加年气的东西。

走到街尾的时候，看到卖农具的摊位，尤其是竹编，分外亲切。

跟年集少不了吃饭，街上卖吃食的很多，其中3样小吃最有名：牛肉泡、黑面皮、荞面饸饹。卖牛肉泡的店在路边，客人很多，一碗15元。牛肉泡在白瓷碗里端上来，红艳艳的汤里飘着葱花、木耳等佐菜，簇拥着一片片红色鲜嫩的牛肉。筷子一挑，白色的馍条和滑爽的粉条浮出汤面，和肉片一口口吃下去，别有一种香味。这里的牛肉放得多，不像别处，只搁一两片苫面。吃了肉，喝了汤，浑身发热，在这个寒冷的冬天，人顿时觉得有了力量。这让我想起当年吃过的那碗片片面，那时我和爹是吃不起牛肉泡的。吃完牛肉泡，去隔壁店里买了4份黑面皮，面皮是用荞面蒸出来的，独具特色。卖面皮的是一位俊俏的女子，手脚麻利，"当当当"给我们切了4份装好，我用微信付了12元钱。荞面饸饹的摊位在街边，冒着热气，但已经没肚子吃了，留待下回吧，反正年集要跟几回。

我和妻子顺着路边往回走，妻子手里提着买的福字、韭菜、粉条、苹果一堆东西。我放眼望去，街道两边花花绿绿，摊位摆的琳琅满目。卖肉的、卖菜的、卖年画的、卖礼当的……街上的叫卖声不绝于耳。熙熙攘攘的人流中，有的人步行，有的人推车，有的人开着三轮车，有的人拉着架子车，边走边瞅，遇到东西再买，卖完再走。车里放着一堆一堆的年货，手里提着一袋一袋的年货，在寒风中跟集的人们把年气也带回四里八乡的村庄。

杀猪

猪的嚎叫响彻全村。

腊月二十五上午，太阳照亮了河西。在墙后的树林里，两棵洋槐之间已经绑好木架，旁边一个大木桶里，开水已经快添满，冒着热气。

尽管被四个小伙按倒在案，三伯家的大黑猪还是踢腾、挣扎、翻滚。口咬着一把锋利尖刀的屠夫光头老杨，抓住猪耳朵，大声呼喊："按住！

按住！"小伙子们一人抓住一只猪蹄，用一只膝盖牢牢顶住猪的肚子，猪蹄子这才蹬得缓了。

说时迟，那时快，光头老杨从口中抽下刀子，闪电般从猪脖子处捅了进去。三伯飞快地把一个盆子支过来，刀一抽出，血奔涌而出，一股血雨下在盆里，聚集成湖。

黑猪先剧烈扑腾，众人紧紧按住不放，黑猪扑腾得渐渐慢了，到最后蹄子没了劲，只缓缓抽动一两下。众人将猪抬起，扔进木桶内，"一二——"提起放下，放下又提起，在开水中反复烫，并继续加开水。最后，又将猪提出搁在案几上，众人拿起黑色的刮石，欻，欻，欻，猪身上的毛和垢甲一撮一撮地掉下来，还有人不断泼水冲洗。

冲洗干净后，光头剥开猪的一只趾甲，将细钢棍捅入抽出，然后用嘴对着吹，猪的肚子像长长的白色气球一样鼓起来。光头将口子扎好，又将两只铁钩钩入猪的两只后蹄，然后众人抬起。"咔咔"，光头将铁钩挂在横梁上，大黑头朝下、屁股朝上吊在了架子上，变成了大白。

这时，三伯把血在开水锅里蒸成血板板端出来，已经用刀划成一格一格的小块，大人娃娃们纷纷拿取。血板板已成褐色，温软可口，腹中有了暖气，冬天的寒气都不怕了。

光头换了一把砍刀，在又白又鼓的猪腹部，划下一道长线，猪的五脏六腑显露出来。光头摘心取肺，抽出肠子仍在一边，有专人在旁边收拾。

我们小孩子只操心一样，那就是猪尿泡，学名膀胱者是也。终于，光头将那个东西割下来随手扔在了案上，我一把抢过来，幸亏光头手轻，这东西完好无损。在温水里反复洗了，伙伴们已经将竹管剡好，我们几个轮流对着尿泡吹，一个个吹得面红耳赤、头昏脑涨，尿泡还是像个茄子一样蔫头耷拉，最后在胖子哥的帮吹之下，终于鼓成了一个大球。绑扎好，我们终于有了一只足球，伙伴们互相追逐着，在树林里踢起来。村里的人们则慢慢围来，你家一份我家一份地割肉……

午后冬阳散漫，河边的树木，一棵棵披着灰色的皮衣，将淡淡的树影投在地上。光头老杨穿着军大衣，戴着火车头棉帽子，怀揣着20元钱，提着灰沉沉的刀具篮子消失在对面山梁。

肉臊子的爨味，顺着巷道，飘出我家大门外。一只大红公鸡正在踱步，也停下来，回头朝门内凝望，似乎呼吸到了爨味，知道要过年了。硬柴在灶膛里燃烧，火焰舔着锅底，肉在锅里"突突"。这是最令人喜悦的时候，待我和妹妹抢着将小碗里的骨头啃完，妈用勺子舀出两勺臊子肉，分给我和妹妹。我和妹妹拿来热馒头，掰开，将臊子肉夹进去，吃肉夹馍。不过瘾，直接用筷子夹肉吃，狼吞虎咽，嘴角流油。公鸡将我们扔在院中的骨头鹐完，又扬起头，静静地看着我们吃。

妈将肉臊子在罐子里装好，预备年里做臊子面待亲戚。又往外盛了一点，下了面，煮了菠菜，调好了汤，给我们做出新鲜的臊子面。红艳艳的臊子汤里卧着白白的面条，上面盘着绿森森的菠菜，父亲吃得酣畅淋漓，我和妹妹看着都香。虽然我们已经吃饱了，却又忍不住又吃了小半碗面。劳累了一中午的妈妈，笑着看着我们，最后才给给自己舀了一碗臊子面吃起来。这时，伙伴们喊叫着，踢着尿泡足球进院了，我开心地加入到他们的行列中……

算起来，这都是30多年前的事儿了。小时每到年根，村里都要杀年猪，杀猪的日子对村里孩子来说都是节日。现在杀年猪的少了，但也还有。今年，大表姐家就杀了自家养的两头猪，是拉到屠宰场让人家杀完检疫了又拉回村的。父亲骑着三轮车过去，掂了后臀30多斤肉回来，过年用。他说，自己人养的猪，肉香，吃着放心。

现在，还有没有娃娃吹尿泡呢？看着那一挂子肉，我突然想起当年嚎叫的那头大黑猪。

年味

年味飘荡在村庄。

民以食为天。吃饭是生活的头等大事。年是生活的庆祝，是一年最盛大的节日，超脱日常生活，又植根于日常生活。吃也是过年的大事，过年的欢乐，似乎大多来自于吃。脱开食物，好多年事会陷于空洞。从腊月到正月，从飘荡的香味中，我一年一年闻到故乡的年味。

炊烟从厨房的屋顶袅袅升起，母亲揭开了蒸笼，馍在一片气雾中露出圆圆的脸蛋。小时，蒸年馍，是一桩大事，母亲一般安排在腊月二十六。面是前晚发好的，早晨，母亲早早起来揉面。从大面疙瘩上拧下一大坨，徒手滚擀成一根粗棒，用刀"咔咔咔"斫成小块，然后一个个在手里全成圆圆的馒头。锅里水已经在滚，蒸笼搭在锅上，妈在笼内的竹笆上一层层铺好笼布，然后一层层将馒头放入，最后用方席苫住，盖上锅板，锅板上压了一方磨刀石。在蒸笼上大气小气冒的时候，妈做卷花馍。她将一疙疙面擀开，平铺在案上，涂上清油、盐、辣椒、芝麻等，然后卷起来，用刀切成一块块，截面上辣椒和油的脉络清晰可见。再用筷子中间一压，翻转，一个个花卷就做成了。最后蒸的是包子，馅儿是粉条、豆腐、白萝卜。两张干净的席子已经铺在房子地上，一锅馍蒸出，即倒在席子上晾。馒头一个个光滑绵软，花卷一个个玲珑鲜艳，包子一个个丰满充实。这天的早饭没有吃，馍一直蒸了四五锅，时间到了午后，肚子咕咕叫。待到包子出笼，我等不及了，从席上抓一个，左右手倒着，吹气，然后轻轻一咬，粉条和豆腐的清香在唇齿间荡漾，直入肚肠。白馒头，一咬也有麦子的清香。

大年肉在大铁锅里"突突"煮着，香味溜出锅板缝，钻出门窗，飘在庭院。大年三十中午，在我和父亲将红艳艳的对联在大门上贴好的时候，案上，妈已经将豆腐切成军旗一样的小方块，剁好葱花，将煮好的粉条盛在小盆里。我揭开锅板一瞅，五六个大肉块沉浸在肉汤里，皮红嘟嘟的，大红辣椒、姜片簇拥在旁边。大料是母亲用纱布裹成了几包，放在里面一起煮的，味早进到肉里面去了。妈用勺子将肉一块块捞出，盛装在盆里，然后选了两个大块肉撕成碎条子备用。肉、豆腐、粉条盛进花瓷碗。妈将肉汤浇进去，洒上葱花，一碗碗大肉泡盛在了大家面前。端起碗，一吸，一股香味便进了鼻孔，入了食道，进了肠肚。嚼一口肉，又酥又香，吸一根粉条又劲又爽，尝一口豆腐，又清又凉，喝一口汤，暖暖和和，熨熨帖帖，混合的香味在脏腑回荡，无一处不舒服。在冬天的阳光下，一家人端着碗咥肉，品味过年的滋味，感觉生活是那样美好。这样的饭，一年只吃这么一回，这是对家庭每一个成员的犒劳。在过往的岁月里，吃大年肉，是每一个人的期盼，只有这一天才能放开吃肉。爹说，在生产队时，肉由队里煮，给每家分几块肉，再分几碗汤，想吃没有多的。现在吃肉当然没有问题，这样的吃法村里人依然一年只吃一回，那是大年肉，是对生活的节日的庆祝，有对过往的回味在里面。

烧酒盘子在除夕夜家族宴会上飘香。大人娃娃从天南海北返回故里，只为这年里的相聚。虽无祠堂，也没有正式的仪式，但除夕，同姓家族还是要团聚一次，吃一顿盛大的团圆饭。村里过红白喜事，逢年过节，"烧酒盘子"是必备的。好些老人还将坐席称作"抄盘子"。盘子分凉热。凉盘子，又称合盘，由豆芽、粉条、红萝卜、菠菜等凉拌而成，面上苫皮冻、肘花。热盘子，又称大年菜，由粉条、红萝卜、白菜、蒜苗等荤炒而成，苫面的是白嫩嫩的肥肉。烧酒，是早年的酒，冬雪天冷，要盛在酒壶内，在热水里温一下，免得受凉，现在的酒不需要温了。这次的家族聚会宴席轮到大叔叔家坐东，先上凉菜，凉盘子打头统领，居于圆心，其余凉菜围绕一边。凉盘子酸爽清凉，很快就被大家一筷子一筷子夹到嘴里，麻肘花劲，红皮冻滑，黄豆芽脆，白粉条凉，绿菠菜酸，再配着火辣辣的西凤酒，那滋味仿佛五彩祥云在雪山顶萦绕。热菜，由大年菜统领，热气腾腾，温暖绵和。白肉片嫩，红萝卜绵，长粉条热，绿蒜苗劲，酒已经上了头，整个身体温热，暖意洋洋。在这一凉一热的转换间，一杯杯干杯的酒、一句句暖心的话同时入了肚，心与心贴得更近。

鞭炮在正月初一的早晨一次次响起，大锅里银角一样的饺子在翻浮，小锅里红艳艳的汤已经滚开。年三十晌午，吃完肉后，母亲调好了韭菜和肉馅儿，她擀皮儿，我和妻坐在院子的阳光下包。饺子皮儿卧在手心，软软的，我捂进一小疙瘩绿馅儿，用手将它捏在一起，捏出一绺花边，像一只只憨憨的小船。妻包的却是三角形。用了两个小时包好了。等饺子熟了，母亲将饺子捞到白瓷碗里，浇上热汤，热气腾腾。父亲端了第一碗，走出大门，在门墩前滴汤，这是对先人的祭奠。然后，大家都吃起来。筷子一喂，饺子滑进嘴里，轻轻一咬，韭菜和瘦肉清新的味道，爆破在舌尖，轻轻滑下喉咙。汤，喝一口，又酸辣又香。饺子入胃，像鱼儿一样在肚子里游动，暖乎乎的。从饺子中，我吃出了阳光的味道。吃着吃着，一口咬下，嘎嘣一下，一枚钱币被我吃出来啦，这象征着今年会有好运气。一枚一枚，一家人都吃出来了钱币，一家人一年都交好运。吃饺子，交好运，新的一年，就在这饺子的香味中徐徐开始。

从正月初二开始走亲戚。这时，臊子面的香味，飘在四里八村，飘荡在走亲戚的路上……

年味，是舌尖上美食的味道，是目光里红对联、红灯笼喜庆的味道，是耳朵里高亢的锣鼓和秦腔戏的味道，是孩子的笑脸和一声声祝福的味道。一年一年，腊月正月，年的味道，在这片黄土地上飘起，把辛劳了一年的亲人和父老乡亲安慰。经历的痛苦、心酸、失望、郁闷，在这浓浓的、暖暖的年味中一点一点化解、飘散，快乐、幸福就这样在舌尖、在心里满满升腾，最后把全身充满、在心间回荡，让人对来年的生活充满希望。